사양

KB191719

사양

초판 1쇄 발행 | 2018년 8월 16일
초판 2쇄 발행 | 2018년 11월 13일

지은이 다자이 오사무
옮긴이 장현주
발행인 이대식

편집 김화영 나은심 손성원 김자윤
마케팅 배성진 박상준 **관리** 홍필례
디자인 모리스

주소 서울시 종로구 평창길 329(우편번호 03003)
문의전화 02-394-1037(편집) 02-394-1047(마케팅)
팩스 02-394-1029
홈페이지 www.saeumbook.co.kr
전자우편 saeum98@hanmail.net
블로그 blog.naver.com/saeumpub
페이스북 facebook.com/saeumbooks
인스타그램 instagram.com/saeumbooks

발행처 (주)새움출판사
출판등록 1998년 8월 28일(제10-1633호)

ⓒ 장현주, 2018
ISBN 979-11-89271-17-6 03830

사양

斜陽

다자이 오사무
장현주 옮김

새훔

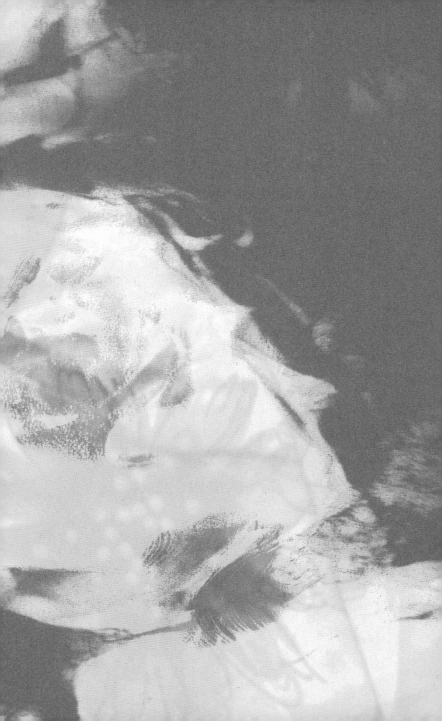

차
례

일러두기

1. 다자이 오사무(太宰治)의 『사양(斜陽)』은 1947년 12월에 처음 발표되었다.
   이 책은 신초샤의 1994년판을 정본으로 삼았다.
2. 본문 하단의 설명은 역자의 주이다.

1

아침, 식당에서 수프를 한 숟가락 살짝 떠드신 어머니가,

"아"

하고 희미한 비명을 지르셨다.

"머리카락?"

수프에 뭔가 이물질이라도 들어 있나, 하고 생각했다.

"아니야"

어머니는 아무 일도 없었다는 듯이, 또 살짝 한 숟가락 수프를 입에 떠 넣은 후, 새치름한 얼굴을 옆으로 돌려 부엌 창으로 만개한 산벚나무에 시선을 주더니, 얼굴을 돌린 채로 또 살짝 한 숟가락, 수프를 작은 입술 사이로 떠 넣으셨다. 살짝, 이라는 표현은 어머니의 경우 결코 과장이 아니다. 부인 잡지 등에 나오는 식사법과는 전혀 다르시다. 남동생 나오지直治가 언젠가 술을 마시면서, 누나인 나에게 이렇게 말한 적이 있다.

"작위*가 있다고 귀족이라고 할 수 없어. 작위가 없어도 천작**이라는 것을 가진 훌륭한 귀족도 있고, 우리들처럼 작위는 갖고 있지만, 귀족은커녕, 천민에 가까운 사람들도 있지. 이와지마岩島 같은 녀석은(나오지의 학우인 백작의 이름을 예로 들며) 그런 녀석은 신주쿠 유곽의 호객꾼보다도, 더 천박한 느낌이잖아. 얼마 전에도 야나이柳井(역시 남동생의 학우로 자작의 차남 이름을 들며)의 형 결혼식에, 그 바보 녀석, 턱시도 따윌 입고. 대체 턱시도 따윌 입고 올 필요가 있는 거야. 이건 그렇다 쳐, 테이블 스피치 때, 그 자식, 있사옵니다라는 이상야릇한 말을 쓰는 데는 아주 속이 매슥거리더군. 거드름 피우는 것은 품위가 있는 것과는 전혀 관계없는 꼴사나운 허세야. 고등 하숙이라고 쓰인 간판이 혼고*** 근처에 흔히 보였는데, 실제로 대부분의 화족華族은, 고등 거지 같은 것이지. 진짜 귀족은 저런 아와지마같이 괜한 거드름 같은 거 피우지 않아. 우리 일족 중에도 진정한 귀족은 아마 엄마 정도일 거야. 엄마는 진짜야. 당할 수 없는 구석이 있어."

수프 먹는 방법도 우리들이라면 접시 위에 몸을 약간 숙인

* 메이지 헌법하(메이지 초~1947)에 공작·후작·백작·자작·남작의 5작위가 있었다.
** 天爵. 하늘이 내린 작위. 곧, 타고난 덕·인격·기품.
*** 本郷. 도쿄도 분쿄구의 한 지구. 고급 주택지. 도쿄대학이 있음.

후, 스푼을 옆으로 잡고 수프를 떠서, 스푼을 옆으로 한 채 입으로 가져가지만, 어머니는 왼손 손가락을 가볍게 테이블 가장자리에 걸치고, 상체를 구부리는 일 없이 얼굴을 꼿꼿이 들고, 접시를 제대로 보지도 않은 채 스푼을 옆으로 해서 살짝 뜬 후, 제비처럼이라고 표현하고 싶을 정도로 가볍고 능숙하게 스푼을 입과 직각이 되도록 들어 올려, 스푼의 끝에서 수프를 입술 사이로 흘려 넣는다. 그리고 무심한 듯 여기저기 곁눈질을 하면서 살짝살짝 마치 작은 날개처럼 스푼을 다뤄, 수프 한 방울 흘리는 일도 없고, 마시는 소리도 접시 부딪히는 소리도 전혀 내지 않는다. 그것은 흔히 말하는 정식 예법에 맞는 식사법은 아닐지도 모르지만, 내 눈에는 몹시 귀엽고, 그야말로 진짜 귀족처럼 보인다. 또, 사실 국물 음식은 몸을 숙이고 스푼의 옆으로 먹기보다는, 여유 있게 상반신을 세우고 스푼의 끝에서 입으로 흘려 넣듯이 먹는 편이, 신기할 정도로 맛있다. 그렇지만 나는 나오지가 말하는 고등 거지이기 때문에, 어머니처럼 그렇게 가볍고 손쉽게 스푼을 다룰 수 없어, 어쩔 수 없이 포기하고 접시 위에 몸을 숙이고 흔히 말하는 정식 예법대로 음울한 식사법을 취하고 있다.

수프뿐만 아니라 어머니의 식사법은 예법과는 거리가 멀다. 고기가 나오면, 나이프와 포크로 재빨리 전부 작게 자른

후, 나이프는 놓고 포크를 오른손으로 바꿔 든 다음, 그 한 조각 한 조각을 포크로 찍어 천천히 즐거운 듯 드신다. 또, 뼈 있는 치킨 등 우리가 접시 소리를 내지 않고 뼈에서 고기를 떼어내려고 애쓰고 있을 때, 어머니는 태연하게 손가락 끝으로 뼈를 잡고 훌쩍 들어 올려, 아무렇지 않게 입으로 뼈와 살을 발라내신다. 그런 야만스러운 행동도 어머니가 하시면, 귀여울 뿐만 아니라 묘하게 에로틱하게조차 보이니, 과연 진짜는 다르다. 뼈 있는 치킨뿐만이 아니라, 어머니는 런치 때 반찬으로 나오는 햄이나 소시지 등도 손끝으로 훌쩍 집어서 드시는 일도 가끔 있다.

"주먹밥이 왜 맛있는지 아니? 그건 말이지, 사람의 손으로 주물러 만들기 때문이야"

라고 말씀하신 적도 있다.

정말로, 손으로 먹으면 맛있을 거야, 라고 생각한 적은 있지만, 나 같은 고등 거지가 잘못 흉내 내면, 그야말로 진짜 거지 모양새가 될 것 같은 기분이 들어 참고 있다.

남동생 나오지조차도 엄마에게는 당할 수 없어, 라고 말했지만, 정말 나도 어머니의 흉내는 내기가 곤란하여, 절망 같은 것조차 느낄 때가 있다. 언젠가 니시카타초* 집 정원에서, 초가을의 달 밝은 밤이었는데, 나는 어머니와 둘이서 연못가 정자에서 달구경을 하며 여우가 시집갈 때와 쥐가 시집갈 때는 혼수 준비가 어떻게 다른가, 등의 이야기를 웃으며 하는 사이에, 어머니가 갑자기 일어나셔서, 정자 옆 싸리 덤불 안쪽으로 들어가시더니, 하얀 싸리꽃 사이에서 더욱 산뜻한 하얀 얼굴을 내미시고, 조금 웃으며

"가즈코, 엄마가 지금 뭘 하고 있는지, 맞혀 봐"

라고 말씀하셨다.

"꽃을 꺾고 계세요"

라고 말씀 드리니, 작은 소리를 높여서 웃으시며

"소변 보고 있어"

라고 말씀하셨다.

조금도 쭈그리지 않고 계신 데는 놀랐지만, 나 같은 것은 전혀 흉내 낼 수 없는, 진심으로 귀여운 느낌이었다.

오늘 아침 수프 이야기에서 상당히 벗어난 이야기인데, 얼마 전에 어떤 책에서, 루이 왕조 시대의 귀부인들은 궁전의 정원이나 복도 구석 등에서 아무렇지 않게 소변을 봤다는 것을 알고, 그 천진난만함이 정말 귀여워서, 내 어머니도 그런 진정한 귀부인의 마지막 한 명이 아닐까 하고 생각했다.

---

* 西片町. 도쿄도 분쿄구의 마을 이름.

그건 그렇고, 오늘 아침 수프를 한 숟가락 떠드시고, 아, 하고 작은 소리를 지르시기에, 머리카락? 이라고 여쭸더니, 아니, 라고 대답하셨다.

"짠가?"

오늘 아침 수프는 얼마 전에 미국이 배급한 그린피스 통조림을 체에 걸러, 내가 포타주처럼 만든 것이다. 원래 요리에는 자신이 없기 때문에, 어머니가 아니, 라고 말씀하셔도, 여전히 조마조마하여 그렇게 여쭈었다.

"아주 맛있게 만들었어."

어머니는 진지하게 그렇게 말하고, 수프를 다 먹은 후 김으로 싼 주먹밥을 손으로 집어 드셨다.

나는 어린 시절부터 아침에 입맛이 없어, 10시가 되지 않으면 배가 고프지 않기 때문에, 그때도, 수프만은 어떻게든 다 먹었지만, 먹는 게 귀찮아 접시에 놓인 주먹밥을 젓가락으로 찔러 엉망으로 부순 후 한 젓가락을 집어 들고, 어머니가 수프를 드실 때의 스푼처럼, 젓가락과 입을 직각으로 만들어, 마치 작은 새에게 먹이를 주는 것처럼 입에 넣고 느릿느릿 먹는 사이에 어머니는 이미 식사를 전부 끝내고 훌쩍 일어서시더니, 아침 햇살이 비치는 벽에 등을 기대고, 잠시 내가 식사하는 모습을 보고 계시다가,

"가즈코는 아직 안 돼. 아침밥을 가장 맛있게 먹어야 하는데"

라고 말씀하셨다.

"어머니는? 맛있어?"

"그야 그렇지. 나는 이제 환자가 아니야."

"가즈코도 환자가 아니야."

"안 돼, 안 돼."

어머니는 쓸쓸하게 웃고 머리를 흔들었다.

나는 5년 전에 폐병에 걸려 병석에 누운 적이 있는데, 그건 사치스러운 병이라는 것을 나는 알고 있다. 그렇지만 어머니가 얼마 전에 걸린 병은, 그야말로 정말로 걱정스럽고 슬픈 병이었다. 그럼에도 어머니는 나만 걱정하고 계신다.

"아."

하고 내가 말했다.

"뭐?"

이번에는 어머니가 물었다.

얼굴을 맞대고, 왠지 서로 완전히 이해했다고 느껴, 우후후 하고 내가 웃자 어머니도 빙긋 웃으셨다.

뭔가 견딜 수 없이 부끄러운 생각이 엄습했을 때, 그 기묘한 아, 라는 희미한 외침이 나온다. 내 가슴에 지금 느닷없이 불쑥 6년 전의 내 이혼 때의 일이 선명하게 떠올라, 견딜 수 없어 나도 모르게, 아, 라는 소리를 내고 말았는데, 어머니의 경우는 어떨까. 설마 어머니에게 나와 같은 부끄러운 과거가 있을 리도 없고, 아니면 뭔가 다른 것이.

"어머니도 조금 전에 뭔가 생각나신 거죠? 무슨 일?"

"까먹었어."

"내 일?"

"아니."

"나오지 일?"

"그래"

라고 말하고는 고개를 갸웃하더니

"그럴지도 몰라"

라고 말씀하셨다.

동생 나오지는 대학을 다니는 중에 소집되어 남방의 섬으로 갔는데, 소식이 끊겼다. 종전이 되었음에도 행방불명으로, 어머니는 이미 나오지와는 만나지 못할 것이라고 각오하고 있다, 고 말씀하셨지만, 나는 그런 '각오' 같은 거 한 적은 한 번도 없다. 반드시 만날 것이라고 생각하고 있다.

"단념했다고 생각했는데 맛있는 수프를 먹으니, 나오지가 생각나서, 견딜 수 없어졌어. 나오지에게 더 잘해 줬으면 좋았을걸."

나오지는 고등학교*에 들어갈 무렵부터 이상하게 문학에 심취해 거의 불량소년 같은 생활을 시작하여, 얼마나 어머니께 걱정을 끼쳤는지 모른다. 그런데도 어머니는 수프를 한 숟가락 떠드시고는 나오지 생각에, 아, 하는 소리를 내셨다. 나는 밥을 입에 억지로 쑤셔 넣으며 눈시울을 붉혔다.

"괜찮아. 나오지는 괜찮아. 나오지 같은 악인은 좀처럼 죽지 않아. 죽는 사람은 으레 얌전하고, 아름답고, 상냥한 사람이야. 나오지는 몽둥이로 두들겨 패도 죽지 않을 거야."

어머니는 웃으며

"그럼 가즈코는 빨리 죽을까."

라고 나를 놀린다.

"어머, 왜? 나는 악인의 대표자니까, 여든 살까지 괜찮아."

"그래? 그럼 어머니는 아흔 살까지 괜찮겠네."

"그래."

라고 말하려다가, 조금 곤란해졌다. 악인은 오래 산다. 아름다운 사람은 빨리 죽는다. 어머니는 예쁘다. 하지만 오래 살았으면 좋겠다. 나는 몹시 당황했다.

* 구제(舊制) 고등학교. 중학 과정 5년, 고등학교 3년, 대학 3년 과정.

15

"심술쟁이!"

라고 말했더니, 아랫입술이 와들와들 떨리고, 눈물이 눈에서 흘러 내렸다.

뱀 이야기를 할까. 4, 5일 전 오후, 근처 아이들이 정원 울타리의 대나무숲에서 열 개 정도의 뱀 알을 찾아왔다.

아이들은

"살모사 알이야"

라고 주장했다. 나는 그 대나무숲에 살모사가 열 마리나 태어난다면, 그만 정원에도 내려가지 못할 것이라고 생각하여

"태워 버리자"

라고 말하니, 아이들은 뛸 듯 기뻐하며 내 뒤를 따라왔다.

대나무숲 근처에, 나뭇잎과 잡목을 쌓아 올려 불을 붙인 후 그 불 속에 알을 하나씩 던져 넣었다. 알은 좀처럼 타지 않았다. 아이들이 나뭇잎과 나뭇가지를 불길 위에 얹어 화력을 강하게 해도 알은 탈 것 같지 않았다.

아래쪽 농가의 딸이 울타리 밖에서

"뭘 하고 계세요?"

라고 웃으며 물었다.

"살모사 알을 태우고 있어요. 살모사가 나오면 무서우니까

16

요."

"크기는 어느 정도예요?"

"메추라기 알 정도로 아주 하얘요."

"그럼 그냥 뱀 알이에요. 살모사 알이 아니에요. 생 알은 좀 처럼 타지 않아요."

처녀는 자못 우습다는 듯이 웃고는, 떠났다.

30분 정도 불을 피웠지만 아무리 해도 알이 타지 않기에, 아이들에게 알을 불 속에서 꺼내게 해서 매화나무 밑에 묻게 한 후, 나는 작은 돌을 모아 묘비를 만들어 주었다.

"자, 모두, 절하자."

내가 쭈그리고 앉아 합장하자, 아이들도 얌전히 내 뒤에서 쭈그리고 앉아 합장한 듯했다. 그리고 아이들과 헤어져 나 혼자 돌계단을 천천히 올라가자, 돌계단 위 등나무 시렁 그늘에 어머니가 서 계시다가

"가엾은 짓을 하는 사람이구나"

라고 말씀하셨다.

"살모사인 줄 알았는데, 그냥 뱀이었어. 하지만, 잘 묻어 줬으니까 괜찮아"

라고 말하긴 했지만, 어머니에게 들켜 마음이 편치 않았다.

어머니는 결코 미신을 믿는 사람은 아니지만, 10년 전 아버

지가 니시카타초 집에서 돌아가신 이후, 뱀을 몹시 무서워하신다. 아버지가 돌아가시기 직전에, 어머니가 아버지 머리맡에 길고 검은 끈이 떨어져 있는 것을 보고, 아무 생각 없이 주우려고 하셨는데, 그게 뱀이었다. 스르르 복도로 달아난 후 어디로 갔는지 모른다. 그것을 본 사람은 어머니와 와다 숙부님 두 분뿐이었는데, 두 사람은 얼굴을 마주 보았지만, 임종의 자리가 소란스럽지 않도록 참고 견디며 말없이 계셨다고 한다. 우리들도 그 자리에 있었지만, 그 뱀에 대해서는, 그래서, 전혀 몰랐다.

하지만 아버지가 돌아가신 날 저녁, 정원 연못가의 나무란 나무에 뱀이 올라가 있었던 일은, 나도 실제로 봐서 알고 있다. 나는 스물아홉의 아줌마니까, 10년 전 아버지가 돌아가셨을 때는 이미 열아홉이었다. 이미 아이가 아니었기 때문에, 내가 영전에 바칠 꽃을 꺾으러 정원 연못 쪽으로 걸어가, 연못가 진달래 있는 곳에 멈춰 언뜻 보니, 그 진달래 가지 끝에 작은 뱀이 휘감겨 있었다. 조금 놀라서 다음 황매화 나무 가지를 꺾으려 했는데, 그 가지에도 휘감겨 있었다. 옆에 있는 물푸레나무에도, 어린 단풍나무에도, 금작화에도, 등나무에도, 벚나무에도, 어느 나무에도 뱀이 휘감겨 있었다. 하지만 나는 그렇게 무섭다는 생각이 들지 않았다. 뱀도 나와 마찬가지로 아버지가 세상을 떠난 것을 슬퍼하며, 구멍에서 기어 나와 아버지의 명복을 비는 것이라는 생각이 들었을 뿐이다. 그리고 나는 그 정원의 뱀에 대해서, 어머니께 살짝 말씀드렸더니, 어머니는 차분하게 잠깐 고개를 갸우뚱하며 뭔가를 생각하는 듯했지만, 특별한 말씀은 없으셨다.

하지만 이 두 뱀 사건이, 어머니로 하여금 뱀을 질색하게 만든 것은 사실이었다. 뱀을 질색한다기보다는 뱀을 숭상하고, 두려워하는 즉 경외심을 가지게 된 듯했다.

뱀 알을 태운 것을 보고 어머니는 분명 뭔가 몹시 불길한 것을 느꼈을 것이라고 생각하니, 나도 갑자기 뱀 알을 태운 것이 몹시 두려운 일처럼 느껴져, 이 일이 어머니께 어떤 나쁜 재앙을 가져오는 것이 아닐까 하는 걱정으로 다음 날도 또 다음 날도 잊지 못하고 있는데, 오늘 아침은 식당에서 아름다운 사람은 빨리 죽는다. 따위의 당치도 않은 말을 지껄여, 나중에 어떤 식으로든 둘러대지 못하고 울어 버렸는데, 식당 뒷정리를 하면서, 왠지 내 가슴속에 어머니의 수명을 줄이는 기분 나쁜 작은 뱀 한 마리가 숨어들어 있는 듯하여, 견딜 수 없이 싫었다.

그리고 그날, 나는 정원에서 뱀을 보았다. 그날은 몹시 쾌청하고 맑은 날씨였기 때문에 나는 부엌일을 끝내고 정원 잔디 위에 등나무 의자를 놓고, 거기서 뜨개질을 할 생각으로 등나무 의자를 가지고 정원으로 내려갔는데, 정원석 옆 조릿대에 뱀이 있었다. 오, 싫다. 나는 단지 그렇게 생각했을 뿐, 그 이상 깊이 생각하지 않고, 등나무 의자를 들고 되돌아와서 툇마루로 올라가, 툇마루에 등나무 의자를 놓고 거기에 앉아 뜨개질을 하기 시작했다. 오후가 되어 나는 정원 구석 건물 안에 넣어 둔 책 중에서, 로랑생*의 화집을 꺼내 올 생각으로 정원으로 내려갔는데, 잔디 위를 뱀이 천천히, 천천히 기어가고 있다. 아침에 본 뱀과 같았다. 가늘고 품위가 있는 뱀이었다. 나는 암컷 뱀이다, 라고 생각했다. 그녀는 잔디를 조용히 가로질러 찔레나무 그늘까지 가서, 멈추더니 머리를 들고 가느다란 불꽃 같은 혀를 떨었다. 그리고 주위를 둘러보는 듯한 모양새를 취했지만, 잠시 후에 머리를 내리고, 몹시 나른하다는 듯 몸을 웅크렸다. 나는 그때도 그저 아름다운 뱀이다, 라는 생각이 강했다. 이윽고 건물에 가서 화집을 꺼내, 돌아오는 길에 조금 전 뱀이 있던 곳을 살짝 보았지만, 이미 거기에 없었다.

저녁 무렵 어머니와 중국풍 거실에서 차를 마시면서 정원

---

* 로랑생(1883~1956). 프랑스의 여류 화가. 우아하고 약간은 우울한 여성을 그린 섬세한 수채화로 유명하다.

을 보고 있는데, 돌계단 세 번째 계단에 아침에 봤던 뱀이 다시 천천히 모습을 드러냈다.

어머니가 그것을 발견하고

"저 뱀은?"

이라고 말씀하시며 일어나 내 쪽으로 달려와, 내 손을 잡은 채 꼼짝 않고 서 계셨다. 그 말을 듣고 나도 퍼뜩 짚이는 데가 있어,

"알의 어미?"

라고 입 밖으로 소리 내어 말하고 말았다.

"그래, 맞아."

어머니의 목소리는 잠겨 있었다.

우리는 손을 잡은 채 숨을 죽이고 말없이 그 뱀을 지켜보았다. 돌계단 위에 나른한 듯 웅크리고 있던 뱀은, 비틀거리듯 다시 움직이기 시작하더니, 힘없이 돌계단을 가로질러 제비붓꽃 쪽으로 들어갔다.

"아침부터 정원을 돌아다녔어."

내가 작은 소리로 말씀 드리니, 어머니는 한숨을 쉬고 힘없이 의자에 주저앉으셨다.

"그렇지? 알을 찾고 있는 거야. 가엾게도."

어머니는 가라앉은 목소리로 말씀하셨다.

나는 어쩔 수 없이, 후후 하고 웃었다.

석양이 어머니의 얼굴에 비쳐, 어머니의 눈이 파랄 정도로 빛나 보였고, 그 희미하게 분노를 띤 듯한 얼굴은 달려들고 싶을 정도로 아름다웠다. 그래서 나는 아아, 어머니의 얼굴은 조금 전 그 슬픈 뱀과 어딘가 닮았어, 라고 생각했다. 그래서 내 가슴속에 사는 살모사처럼 빈둥거리는 흉측한 뱀이 이 깊은 슬픔을 가진 아름답고 아름다운 엄마 뱀을 언제가 물어 죽이는 것은 아닐까, 왠지, 무엇 때문인지 그런 마음이 들었다.

나는 어머니의 부드럽고 가냘픈 어깨에 손을 올리고 이유 모를 몸부림을 쳤다.

우리가 도쿄 니시카타초 집을 버리고, 여기 이즈의, 약간 중국풍 산장에 이사 온 것은 일본이 무조건 항복을 한 해의 12월 초였다. 아버지가 돌아가시고 나서, 우리 집 경제는 어머니의 동생이자 지금은 어머니의 단 한 명의 육친이신 와다 숙부님이 전부 맡아서 꾸려 주셨는데, 전쟁이 끝나고 세상이 바뀌자, 와다 숙부님이, 이제 틀렸어, 집을 파는 수밖에 없어, 하녀들도 모두 내보내고, 모녀 둘이 어디 깨끗한 시골집이라도 사서 마음 편하게 사는 편이 나아, 라고 어머니에게 말한 모양이다. 어머니는 돈에 대해서는 아이보다도 모르는 분이라, 와다 숙부님에게 그런 말을 듣고, 그럼 잘 부탁해요, 라고 맡겨 버린 듯했다.

11월 말에 숙부님으로부터 속달이 왔다. 슨즈駿豆 철도 연선에 가와다河田 자작의 별장이 매물로 나왔다. 집은 높은 지대로 전망이 좋고, 밭도 100평 정도 있다. 그 근처는 매화의 명소로, 겨울에는 따뜻하고 여름에는 시원해서 살면 분명 마음에 들 것이다. 상대방을 직접 만나 이야기할 필요도 있을 테니, 내일 하여간 긴자*의 내 사무실까지 오기 바란다, 라는 내용으로.

"어머니, 가실 생각이야?"

라고 내가 묻자

"맡겼는데 뭐"

라며 못 견디게 쓸쓸한 웃음을 지으며 말씀하셨다.

다음 날, 예전의 운전수 마츠야마松山 씨에게 함께 갈 것을 부탁하신 어머니는 점심때가 조금 지난 시각에 외출하셔서, 밤 8시 무렵 마츠야마 씨의 차를 타고 돌아오셨다.

"정했어."

* 銀座. 도쿄도 주오구에 있는 지명. 일본 제일의 번화가.

가즈코의 방에 들어와서, 가즈코의 책상에 손을 짚은 채 무너지듯 앉으시더니, 그렇게 한 마디 하셨다.

"정했다니, 뭘?"

"전부."

"하지만"

나는 놀라서

"어떤 집인지, 보지도 않고, ······"

어머니는 책상 위에 한쪽 팔꿈치를 짚고, 작은 한숨을 쉬고는

"와다 숙부님이 좋은 곳이라고 하셨어. 나는 이대로 눈 딱 감고 그 집으로 옮겨 가도 좋을 것 같은 마음이 들어"

라고 말씀하시고 얼굴을 들어, 살짝 미소를 지으셨다. 그 얼굴이 조금 수척하고 아름다웠다.

"그래."

나도 와다 삼촌에 대한 어머니의 아름다운 신뢰심에 져서, 맞장구를 쳤다.

"그럼 가즈코도 눈 딱 감을게."

둘이서 목소리 높여 웃었지만, 웃은 뒤는 쓸쓸했다.

그 뒤로 매일 집에 인부가 와서, 이사를 위한 짐 꾸리기가 시작되었다. 와다 숙부님도 드디어 오셔서, 팔 수 있는 것은

팔도록 하나하나 손을 써 주셨다. 나는 하녀 오키미와 둘이서 옷 정리를 하거나 잡동사니를 정원에서 태우거나 하며 바쁘게 보냈지만, 어머니는 조금도 정리하는 것을 돕지도, 지시하지도 않고 매일 방에서 그냥 꾸물대고 계셨다.

"왜 그래? 이즈에 가기 싫어진 거야?"

과감하게 조금 심하게 물어도

"아니"

라고 멍한 얼굴로 대답하실 뿐이었다.

10일 정도 지나 정리가 끝났다. 나는 해질녘 오키미와 둘이, 휴지와 지푸라기를 정원에서 태우고 있는데, 어머니도 방에서 나오시더니 툇마루에 서서 말없이 우리들이 피운 모닥불을 보고 계셨다. 잿빛 같은 추운 서풍이 불어, 연기가 낮게 땅에 깔렸다. 나는 언뜻 어머니의 얼굴을 올려다보고, 어머니의 안색이 지금까지 본 적 없을 정도로 나쁘다는 사실에 놀라,

"어머니! 안색이 안 좋아"

라고 소리치자, 어머니는 엷게 웃으시며

"아무 일도 아니야"

라고 말씀하시고, 조용히 다시 방으로 들어가셨다.

그날 밤, 이불은 이미 짐에 싸 버렸기 때문에, 오키미는 2층

의 서양식 방 소파에서, 어머니와 나는 어머니 방에서, 이웃
집에서 빌린 한 채의 이불을 펴고 둘이서 함께 잤다.

어머니는 저런? 하고 생각할 정도로 늙고 가냘픈 목소리로

"가즈코가 있어서, 가즈코가 있어 줘서, 나는 이즈에 가는
거야. 가즈코가 있어 줘서"

라고 의외의 말을 하셨다.

나는 가슴이 철렁하여,

"가즈코가 없었다면?"

이라고 나도 모르게 물었다.

어머니는 갑자기 우시면서

"죽는 편이 나아. 아버지가 돌아가신 이 집에서, 엄마도, 죽
고 싶어"

라고 띄엄띄엄 말씀하시고, 마침내 격렬하게 우셨다.

어머니는 지금까지 나에게 한 번도 이런 약한 말씀을 하신
적이 없었고, 또한 이렇게 격렬하게 우시는 모습을 나에게 보
이신 적도 없었다. 아버지가 돌아가셨을 때도, 또 내가 시집
갈 때도, 그리고 내가 임신해서 친정에 돌아왔을 때도, 그리
고 아기가 병원에서 죽어서 태어났을 때도, 그리고 내가 병에
걸려 병석에 누웠을 때도, 또 나오지가 나쁜 짓을 했을 때도,
어머니는 결코 이런 약한 모습을 보이시지 않았다. 아버지가

돌아가시고 10년 동안, 어머니는 아버지가 살아 계실 때와 조금도 다름없이, 낙천적이고 상냥한 어머니였다. 그래서 우리들은 우쭐해져서 응석을 부리며 자라 온 것이다. 하지만, 어머니에게는 이제 돈이 없다. 모두 우리를 위해, 나와 나오지를 위해, 조금도 아끼지 않고 써 버리신 것이다. 그래서 이제 오랫동안 살아 온 이 집을 떠나, 이즈의 작은 산장에서 나와 단둘이 쓸쓸한 생활을 시작해야만 했다. 만약 어머니가 심술궂고 인색하여, 우리를 혼내고, 그리고 몰래 자신만의 재산 불리기에 관심을 두신 분이었다면, 아무리 세상이 변해도, 이런 죽고 싶은 기분에 휩싸이는 일은 없었을 텐데. 아아, 돈이 없다는 것은, 이 얼마나 무섭고 비참하며 구원 없는 지옥인가, 라고 태어나서 처음으로 깨닫는 기분에, 가슴이 벅차고 너무도 괴로워서 울고 싶어도 울지 못했다. 인생의 엄숙함이란 이런 때의 느낌을 말하는 것일까. 꼼짝할 수 없는 기분으로, 똑바로 누운 채, 나는 돌처럼 가만히 있었다.

다음 날, 어머니는 역시 안색이 나빴고, 뭔가 꾸물거리며 조금이라도 오래 이 집에 계시고 싶은 듯했지만, 와다 숙부님이 오셔서, 이미 짐은 거의 보내 버렸으니 오늘 이즈로 출발, 이라고 말씀하셨기 때문에, 어머니는 마지못해 코트를 입고, 작별 인사를 드리는 오키미와 집에 드나드는 사람들에게 말없이 머리를 숙여 가볍게 인사를 하시고, 숙부님과 나와 셋이 니시카타초 집을 나섰다.

기차는 비교적 사람이 많지 않아, 세 명 모두 앉을 수 있었다. 기차 안에서 숙부님은 몹시 기분이 좋은 듯 노래를 흥얼거리셨지만, 안색이 좋지 않은 어머니는 고개를 숙이고, 몹시 쓸쓸하게 계셨다. 미시마三島에서 슨즈 철도로 갈아타고, 이즈 나가오카에서 내린 뒤, 버스로 15분 정도 간 곳에서 내려 산 쪽을 향해 완만한 언덕길을 올라가자, 작은 마을이 있었다. 그 마을에서 벗어난 곳에 중국풍의 조금 멋진 산장이 있었다.

"어머니, 생각보다 좋은 곳이네."

나는 숨을 헐떡거리며 말했다.

"그렇구나."

어머니도 산장 현관 앞에 서서, 순간 기쁜 듯한 눈빛을 보이셨다.

"무엇보다 공기가 좋구나. 맑은 공기야."

숙부님은 자랑하셨다.

"정말 그래."

어머니는 미소 지으시며,

"맛있어. 이곳 공기는 맛있어"

라고 말씀하셨다.

그리고 셋이 웃었다.

현관에 들어가 보니, 이미 도쿄에서 짐이 도착하여, 현관도 방도 짐으로 가득 차 있었다.

"다음은 객실에서의 전망이 좋아."

숙부님은 들떠서 우리를 객실로 데리고 가더니 앉으라고 했다.

오후 3시 무렵이라 겨울 해가 정원 잔디에 부드럽게 비치고 있었다. 잔디밭에서 돌계단으로 다 내려간 부근에 작은 연못과 매화나무가 많이 있었고, 정원 아래에는 귤밭이 펼쳐져 있었고, 마을길이 있었으며, 그 앞쪽은 논이고, 더 앞쪽에는 소나무숲이 있었으며, 그 소나무숲 맞은편에 바다가 보였다. 바다는 이렇게 객실에 앉아서 보면, 딱 내 가슴 앞에 수평선이 올 정도의 높이로 보였다.

"온화한 경치구나."

어머니는 나른한 듯 말씀하셨다.

"공기 탓일까. 햇빛이 도쿄와는 전혀 달라. 광선이 마치 명주로 밭여 낸 것 같아."

나는 들떠서 말했다.

다다미 열 장 크기의 방과 다다미 여섯 장 크기의 방, 그리고 중국풍 거실, 현관이 다다미 세 장 크기, 욕실에도 다다미 세 장 크기의 방이 딸려 있었고, 식당과 부엌, 그리고 2층에 커다란 침대가 있는 손님용 서양식 방이 하나, 이 정도뿐이었지만 우리 둘, 아니 나오지가 돌아와 셋이 되어도, 특별히 불편하지 않을 것이라고 생각했다.

숙부님은 이 마을에서 단 하나뿐인 여관에 식사를 교섭하러 가셨다. 얼마 후 배달된 도시락을 객실에 펼쳐 놓고 가지고 온 위스키를 마시면서, 이 산장 이전 주인인 가와다 자작과 중국에서 놀 무렵의 실패담을 이야기하는 등 몹시 쾌활했지만, 어머니는 도시락에 약간 젓가락을 댔을 뿐으로, 이윽고 주위가 어둑해질 무렵,

"잠깐, 이대로 잘게"

라고 작은 목소리로 말씀하셨다.

내가 짐 속에서 이불을 꺼내 눕게 하고, 왠지 몹시 걱정이 되었기 때문에, 짐에서 체온계를 찾아내서 열을 재 보았더니, 39도였다.

숙부님은 놀란 모습으로, 하여간 아랫마을까지 의사를 찾으러 나가셨다.

"어머니!"

라고 불러도 그저 꾸벅꾸벅 졸고 계신다.

나는 어머니의 작은 손을 꼭 잡고 흐느껴 울었다. 어머니가 가엾고 가엾어서, 아니, 우리 두 사람이 가엾고 가엾어서, 아무리 울어도 눈물이 멈추지 않았다. 울면서 정말 이대로 어머니와 함께 죽고 싶다고 생각했다. 이제 우리는 아무것도 필요 없다. 우리의 인생은 니시카타초 집을 나섰을 때, 이미 끝났다고 생각했다.

두 시간 정도 지나 숙부님이 마을 의사 선생님을 데리고 오셨다. 마을 의사 선생님은 이미 상당히 나이가 드신 듯, 센다이히라* 하카마**를 입고 흰 다비***를 신고 계셨다.

진찰이 끝난 후

"폐렴이 될지도 모릅니다. 하지만 폐렴이 되어도, 걱정은 없습니다"

라고 왠지 미덥지 못한 말씀을 하시고, 주사를 놓은 후 돌아가셨다.

다음 날이 되어도 어머니의 열은 떨어지지 않았다. 와다 숙

---

* 仙台平. 센다이 특산의 하카마감으로 쓰는, 정교하게 짠 극상품의 견직물.
** 일본 옷의 겉에 입는 아래옷. 허리에서 발목까지 덮으며, 넉넉하게 주름이 잡혀 있음. 바지처럼 가랑이진 것이 보통이나 스커트 모양의 것도 있다.
*** 일본의 전통 버선. 일본 전통 신발인 조리, 게다 등을 신을 때 사용할 수 있게, 엄지발가락과 검지발가락 사이가 갈라져 있다.

부님은 나에게 2천 엔*을 건네시며, 만약 입원을 해야 하게 된 다면, 도쿄에 전보를 치라는 말을 남기고 일단 그날로 도쿄로 올라가셨다.

나는 짐 속에서 최소한이 필요한 취사도구를 꺼내, 죽을 끓여 어머니께 권했다. 어머니는 누운 채 세 숟가락을 드시더니, 고개를 저었다.

점심 조금 전에, 아랫마을 의사 선생님이 또 오셨다. 이번에는 하카마는 입지 않았지만, 흰 다비는 역시 신고 계셨다.

"입원하는 편이, ……"

내가 말씀 드렸더니

"아니, 그럴 필요는 없어요. 오늘은 센 주사 한 대를 놓아 드릴 테니, 열이 내릴 거예요"

라고 여전히 미덥지 못하게 대답하며, 흔히 말하는 센 주사를 놓고 돌아가셨다.

하지만 그 센 주사가 신기한 효과가 있었는지, 그날 점심때가 지나자, 어머니의 얼굴이 새빨개지더니 땀이 많이 났다. 잠옷을 갈아입을 때, 어머니는 웃으며

---

* 이 소설의 시간적 배경인 1945년 12월 무렵의 2천 엔은 현재의 40만 엔 정도. 단 이것은 당시의 기업물가지수를 적용한 것이기 때문에 소비자 물가지수를 적용하면 다른 결과가 나올 수 있다.

"명의일지도 몰라"

라고 말씀하셨다.

열은 37도로 떨어져 있었다. 나는 기뻐서, 그 마을에서 단 하나뿐인 여관으로 달려가서, 그곳 주인아주머니에게 부탁하여 계란 열 개 정도를 나누어 받아, 즉시 반숙으로 삶아서 어머니께 드렸다. 어머니는 반숙 세 개와 죽을 반 그릇 정도 드셨다.

다음 날, 마을의 명의가 또 흰 다비를 신고 오셨기에, 나는 어제의 센 주사에 대한 감사 인사를 했더니, 효과가 있는 것은 당연, 이라는 얼굴로 깊이 고개를 끄덕이고, 정성 들여 진찰하신 후 내 쪽을 보더니

"사모님은 이제 아프지 않아요. 때문에, 앞으로 무엇을 드셔도, 무엇을 해도 괜찮습니다"

라고 역시 이상한 말투로 말씀하시기에 나는 웃음이 나오는 것을 참느라 힘들었다.

의사 선생님을 현관까지 배웅하고 객실로 돌아와 보니, 어머니가 마루에 앉아 계시다가

"정말로 명의야. 이제 아프지 않아"

라고 몹시 즐거운 듯한 표정으로, 멍하니 혼잣말처럼 말씀하셨다.

"어머니, 장지문을 열까요? 눈이 내리고 있어요."

꽃잎처럼 커다란 함박눈이 소복소복 내리기 시작한 것이다. 나는 장지문을 열고, 어머니와 나란히 앉아, 유리창 너머로 이즈의 눈을 바라보았다.

"이제, 아프지 않아."

라고 어머니는 또 혼잣말처럼 말씀하시고,

"이렇게 앉아 있으면, 이전 일이, 모두 꿈 같은 느낌이 들어. 난 정말이지, 이사하기 직전이 되니까 이즈에 오는 게, 몹시도 싫어졌어. 니시카타초 그 집에서 하루라도 반일이라도 더 있고 싶었어. 기차를 탔을 때는 반쯤 죽은 기분이었고, 여기에 도착했을 때도 처음에는 조금 즐거운 기분이었지만, 날이 어둑해지니까 벌써 도쿄가 그리워서 가슴이 타들어가는 듯해서, 정신이 아찔해졌어. 보통 병이 아니야. 신이 나를 한 번 죽이고, 어제까지의 나와 다른 나를 만들어, 되살려 주신 거야."

그로부터 오늘까지 우리 둘만의 산장 생활이 특별한 일 없이, 안온하게 계속되어 온 것이다. 마을 사람들도 우리에게 친절하게 대해 주었다. 여기에 이사 온 것은 작년 12월, 그리고 1월, 2월, 3월, 4월 오늘까지 우리는 식사 준비 외에는, 대부분 툇마루에서 뜨개질을 하거나, 중국풍 거실에서 책을 읽거나, 차를 마시거나, 거의 이 세상과 동떨어진 생활을 했던 것이다. 2월에는 매화가 피어, 이 마을 전체가 매화꽃에 파묻혔다. 그리고 3월이 되어도 바람 없는 온화한 날이 많았기 때문에, 만개한 매화는 조금도 시들지 않고, 3월 말까지 아름답게 계속 피어 있었다. 아침에도 낮에도 저녁에도 밤에도 매화꽃은 한숨이 나올 정도로 아름다웠다. 그리고 툇마루의 유리문을 열면, 언제든 꽃향기가 방 안으로 훅 흘러들어 왔다. 3월 말에는 저녁이 되면, 꼭 바람이 불었다. 내가 해질 무렵 식당에서 찻잔을 늘어놓고 있으면, 창에서 매화꽃이 날아 와서, 찻잔 안으로 들어가 젖었다. 4월이 되어 나와 어머니가 툇마루에서 뜨개질을 하면서 나누는 둘의 대화는 대부분 밭 일구기 계획이었다. 어머니는 돕고 싶다고 말씀하신다. 아아, 이렇게 쓰고 보니, 정말 우리는 언젠가 어머니가 말씀하신대로, 한번 죽었다가, 다른 우리가 되어 되살아난 듯도 하지만, 그러나 예수님 같은 부활은 어차피 인간에게는 불가능한 것 아닐까. 어머니는 그런 식으로 말씀하셨지만, 그럼에도 역시, 수프를 한 숟가락 드시고는, 나오지를 생각하고, 아, 하고 외치신다. 그리고 내 과거의 상처도 실은 전혀 낫지 않았던 것이다.

아아, 뭐 하나 숨기지 않고 분명히 쓰고 싶다. 이 산장의 안온은 전부 거짓에, 외관뿐이라고, 나는 혼자 생각할 때조차 있다. 이것은 우리 모녀가 신에게 받은 짧은 휴식 시간이라고 해도, 이미 이 평화에는 뭔가 불길하고 어두운 그늘이 깃들어 있는 듯한 느낌이 들어 견딜 수가 없다. 어머니는 행복한 척하시면서, 날이 갈수록 쇠약해졌다. 그리고 내 가슴에는 살모사가 자리 잡고, 어머니를 희생하면서까지 살이 쪘다. 내가 아무리 막아도 살이 쪘다. 아아, 이것이 계절 탓이었으면 좋으련만, 나는 요즘, 이런 생활이 참으로 견딜 수 없어질 때가 있다. 뱀 알을 태우는 조심성 없는 행동을 한 것도 그러한 내 조바심의 발로였음이 분명하다. 그렇게 그저 어머니의 슬픔을 깊게 하고, 쇠약하게 할 뿐이다.

사랑, 이라고 쓰고 나니, 뒤를 쓸 수 없게 되었다.

2

뱀 알 사건이 있고 나서, 10일 정도 지났을 때 불길한 일이 또 일어나, 점점 어머니의 슬픔을 깊게 하고, 어머니의 목숨을 줄게 했다.

내가, 화재를 일으킨 것이다.

내가 화재를 일으키다니. 내 평생에 그런 무서운 일이 있을 거라고는 어린 시절부터 지금까지 한 번도 꿈에도 생각한 적이 없었는데.

불조심을 하지 않으면 불이 난다, 라는 극히 당연한 일도 깨닫지 못할 정도로 나는 흔히 말하는 '공주님'이었던 것일까.

한밤중에 화장실에 가려고 일어나, 현관 칸막이 옆까지 가니, 욕실 쪽이 밝다. 별 생각 없이 들여다보니, 욕실 유리문이 새빨갛고, 탁탁 소리가 들린다. 종종걸음으로 달려가 욕실 문을 열고, 맨발로 밖으로 나와 보니, 욕실 아궁이 옆에 쌓아 둔 장작더미가 격렬한 기세로 타고 있다.

뜰이 이어져 있는 농가로 달려가, 있는 힘껏 문을 두들기며,

"나카이 씨, 일어나세요. 나카이 씨"

라고 외쳤다.

나카이 씨는 이미 잠드셨던 모양이지만,

"네, 바로 갈게요"

라고 대답하고, 내가 부탁해요. 빨리 부탁해요, 라고 말하는 사이에, 잠옷인 유카타*를 입은 채로 집에서 뛰어나오셨다.

둘이서 불 옆으로 뛰어가 양동이로 연못물을 퍼서 붓고 있자, 객실 복도 쪽에서 어머니가 아앗, 하는 외침이 들렸다. 나는 양동이를 내던지고 정원에서 복도로 올라가,

"어머니, 걱정하지 마, 괜찮아, 쉬고 있어"

라고 쓰러지려는 어머니를 그러안아 붙들고, 잠자리로 모시고 가 눕힌 뒤, 다시 불난 곳으로 뛰어 돌아가, 이번에는 욕실 물을 퍼서는 나카이 씨에게 전달했다. 나카이 씨는 그것을 장작더미에 부었지만 불기운이 강해서, 그 정도로는 꺼질 것 같지 않았다.

"불이야, 불이야, 별장에 불이야"

---

* 두루마기 모양의 긴 무명 홑옷. 옷고름이나 단추가 없고 허리띠를 두름. 목욕 후 또는 여름철에 평상복으로 입는다.

라는 소리가 아래쪽에서 들리더니, 즉시 마을 사람 네다섯 명이 울타리를 부수고 달려오셨다. 그리고 울타리 아래, 비축해 둔 물을 릴레이식으로 양동이로 운반하여, 2, 3분 만에 불길을 잡았다. 조금 더 있었으면, 욕실 지붕으로 불길이 번질 참이었다.

다행이다, 라고 생각한 순간, 나는 이 화재의 원인을 깨닫고 흠칫 놀랐다. 정말, 나는 그때 처음으로 이 화재 소동이, 내가 저녁 무렵 욕실 아궁이의 타다 남은 장작을, 아궁이에서 꺼내 껐다고 생각하고, 장작더미 옆에 두어서 일어난 일이다, 라는 것을 깨달은 것이다. 그것을 알고, 울고 싶어져서 멍하게 서 있는데, 앞 집 니시야마西山 씨네 며느리가 울타리 밖에서, 욕실이 다 타버렸어, 아궁이 불 뒤처리가 허술해서야, 라고 크게 말하는 소리가 들렸다.

촌장인 후지타藤田 씨, 니노미야二宮 순사, 소방단장인 오우치大内 씨 등이 오셨다. 후지타 씨는 늘 그렇듯 상냥하게 웃는 얼굴로,

"놀랐지요. 어떻게 된 일인가요?"

라고 물으셨다.

"제 잘못이에요. 껐다고 생각하고 장작을, ……"

이라고 말하다가, 내 자신이 너무도 비참하여 눈물이 왈칵

쏟아져, 그대로 고개를 숙이고 입을 다물었다. 경찰에 연행되어, 죄인이 될지도 모른다, 라고 그때 생각했다. 맨발에, 잠옷을 입은 채인 흐트러진 내 모습이 갑자기 부끄러워져서, 정말 신세가 찌부러졌다고 생각했다.

"알았습니다. 어머니는?"

후지타 씨는 위로하는 듯한 어조로 조용히 말씀하셨다.

"객실에서 쉬고 계셔요. 몹시 놀라셔서, ……"

"하지만, 뭐"

라고 젊은 니노미야 순사도

"집에 불이 번지지 않아, 다행이야"

라고 위로하듯이 말씀하셨다.

그때, 거기에 아래쪽 농가 나카이 씨가, 옷을 갈아입고 다시 나오셔서,

"뭐가, 장작이 조금 탄 것뿐이에요. 화재라고 할 것도 없어요"

라고 숨을 헐떡이며 말하면서, 나의 어리석은 과실을 감싸주셨다.

"그런가요. 잘 알겠습니다."

촌장인 후지타 씨는 두세 번 고개를 끄덕이더니, 니노미야 순사와 뭔가 작은 소리로 의논하고 나서

"그럼, 갈 테니, 부디, 어머니께 안부 전해 주세요."

라고 말씀하시고, 그대로 소방단장 오우치 씨와 그 외 다른 분들과 함께 돌아가셨다.

니노미야 순사만 남았는데, 내 바로 앞까지 걸어오시더니 호흡 같은 낮은 소리로

"그럼, 오늘 밤 일은 특별히 신고하지 않는 것으로 할 테니."

라고 말씀하셨다.

니노미야 순사가 돌아간 후 아래쪽 농가 나카이 씨가

"니노미야 순사가 뭐라고 했어요?"

라고 실로 걱정스러운 듯 긴장한 목소리로 물었다.

"신고하지 않겠다고 말씀하셨어요."

내가 대답하자, 울타리 쪽에 또 근처에 사는 분이 오셔서, 내 대답을 들은 듯, 그렇군, 잘됐군, 잘됐어, 라고 말하며, 천천히 되돌아가셨다.

나카이 씨도, 안녕히 주무세요, 라고 말하고 돌아가셨다. 나중엔 나 혼자 우두커니 다 타버린 장작더미 옆에 서서, 눈물을 흘리며 하늘을 올려다보니, 이미 하늘이 새벽에 가까운 듯했다.

욕실에서 손과 발과 얼굴을 씻고, 어머니를 보는 것이 왠지 두려워, 욕실에 딸린 다다미 세 장 크기의 방에서 머리를 빗

거나 하며 꾸물거리다가, 부엌에 가서, 날이 완전히 샐 때까지
괜히 부엌의 식기 등을 정리했다.

날이 밝자, 객실 쪽으로 살짝 발소리를 죽여 가보니, 어머
니는 이미 옷을 갈아입으시고, 중국풍 거실 의자에 지친 듯
앉아 계셨다. 나를 보고 생긋 웃었지만, 그 얼굴은 깜짝 놀랄
정도로 창백했다.

나는 웃지 않고 말없이 어머니의 의자 뒤에 섰다.

잠시 후 어머니가

"별일 아니었구나. 어차피 태우기 위한 장작인걸"

이라고 말씀하셨다.

나는 갑자기 즐거워져서 후후 하고 웃었다. 경우에 합당한
말은 아로새긴 은쟁반에 금사과니라, 라는 성경의 잠언을 생
각해 내고, 이런 상냥한 어머니를 가진 나의 행복을 진심으
로 신께 감사했다. 어젯밤의 일은 어젯밤의 일. 더 이상 끙끙
고민하지 않겠어, 라고 생각하고, 나는 중국풍 거실 유리창
너머로 이즈의 아침 바다를 바라보며, 언제까지고 어머니 뒤
에 서 있었는데, 결국에는 어머니의 조용한 호흡과 내 호흡이
딱 맞게 되었다.

아침 식사를 가볍게 끝내고 나서, 불탄 장작더미를 정리하
고 있는데, 이 마을에서 단 하나뿐인 여관 여주인인 오사키

씨가 와서,

"무슨 일이죠? 어떻게 된 거죠? 지금 나는 처음 들었는데,
어젯밤에 대체 무슨 일이 있었나요?"

라고 말하면서 정원의 사립문을 지나 종종걸음으로 달려
왔는데, 그 눈에는 눈물이 빛나고 있었다.

"죄송합니다."

내가 작은 목소리로 사죄했다.

"죄송합니다고 뭐고. 그것보다도 아가씨, 경찰은?"

"괜찮대요."

"아, 다행이다."

라며 진심으로 기쁜 표정을 지었다.

나는 오사키 씨에게 마을 사람들에게 어떤 형태로 감사와
사과를 하면 좋을지 물었다. 오사키 씨는 역시 돈이 좋겠어
요, 라고 말하고, 돈을 가지고 사과하러 다녀야 할 집을 가르
쳐 주었다.

"하지만, 아가씨 혼자 다니는 것이 싫다면, 제가 함께 갈게
요."

"혼자 가는 게 좋겠지요?"

"혼자서 갈 수 있어요? 그야, 혼자 가는 편이 좋지요."

"혼자 갈게요."

그리고 오사키 씨는 불탄 자리 정리를 조금 도와주었다.

정리가 끝난 후 나는 어머니에게 돈을 받아, 백 엔 지폐를 한 장씩 미농지에 싸서, 각각의 싼 것에 사례, 라고 썼다.

우선 먼저 마을 촌사무소로 갔다. 촌장인 후지타 씨가 자리에 없었기 때문에, 접수처 아가씨에게 종이로 싼 것을 내밀며,

"어젯밤에는 죄송했습니다. 앞으로 주의를 하겠으니, 부디 용서해 주세요. 촌장님께도 안부 전해 주세요"

라고 사과를 드렸다.

그리고 소방단장 오우치 씨의 집에 갔더니, 오우치 씨가 현관에 나오셔서, 나를 보고 말없이 슬프게 미소를 지으셨다. 나는 왠지 갑자기 울고 싶어져서

"어젯밤은 죄송했습니다"

라는 말만 겨우 하고, 서둘러 작별했다. 길을 가는데 눈물이 흘러내려 얼굴이 엉망이 됐기 때문에, 일단 집으로 돌아가 세면장에서 세수를 하고, 화장을 고친 뒤 다시 외출하려고 현관에서 구두를 신고 있을 때 어머니가 나오셔서,

"또 어딘가 가니?"

라고 말씀하셨다.

"네, 지금부터."

나는 얼굴을 들지 않고 대답했다.

"수고가 많구나."

차분히 말씀하셨다.

어머니의 애정에 힘을 얻어, 이번에는 한 번도 울지 않고, 전부 돌 수 있었다.

구장님 댁에 갔더니 구장님은 안 계시고 며느리가 나왔는데, 나를 보자마자 오히려 상대방이 눈물을 글썽였다. 또 순사 집에서는 니노미야 순사가 잘됐어, 다행이야, 라고 말해 주었다. 모두 상냥한 분들뿐이었다. 그리고 근처 집을 돌았는데, 역시 여러분에게 동정과 위로를 받았다. 단, 앞집 니시야마 씨네 며느리, 라고 해도, 이미 마흔 정도의 아줌마인데, 그 사람에게만은 호되게 꾸중을 들었다.

"앞으로도 주의하세요. 황족인지 뭔지 모르겠지만, 나는 전부터 당신들의 소꿉놀이 같은 생활 방식을 조마조마하며 보고 있었어요. 아이 둘이 살고 있는 듯하니까, 지금까지 불이 안 난 것이 신기한 정도예요. 정말 앞으로는 주의하세요. 어제도, 당신 말이지, 바람이 셌더라면 이 마을 전부가 탔을 거예요."

이 니시야마 씨네 며느리는, 아래쪽 농가의 나카이 씨가 촌장님과 니노미야 순사 앞으로 달려나와, 화재라고 할 것도 없어요, 라고 말하며 감싸 주셨는데, 울타리 밖에서, 욕실이 다 타버렸어, 아궁이 불 뒤처리가 허술해서야, 라고 큰 소리로 말했던 사람이다. 하지만, 나는 니시야마 씨네 며느리의 잔소리에도 진실을 느꼈다. 정말 말 그대로라고 생각했다. 조금도 니시야마 씨네 며느리를 원망하는 일은 없었다. 어머니는 태우기 위한 장작인걸, 이라고 농담을 하여 나를 위로해 주셨지만, 그러나 그때 바람이 셌더라면 니시야마 씨네 며느리가 말한 대로, 이 마을 전체가 탔을지도 모른다. 그랬더라면 나는 죽음으로 사과를 해도 부족했을 것이다. 내가 죽으면 어머니도 살아 계시지 못할 것이다. 또 돌아가신 아버지의 이름을 더럽히는 것이 된다. 지금은 더 이상 황족이고 화족이고 아무 소용 없지만, 그러나 어차피 몰락할 거라면, 과감하게 화족으로 몰락하고 싶다. 화재를 일으킨 사죄의 뜻으로 죽다니, 그렇게 비참한 방법으로는 죽으려야 차마 죽을 수 없다. 하여간 더 정신을 차려야만 한다.

나는 다음 날부터 밭일에 힘썼다. 아래쪽 농가 나카이 씨네 따님이 때때로 도와주셨다. 화재를 일으키는 추태를 부리고 나서는, 내 몸의 피가 왠지 조금 검붉어진 것 같은 기분이 들었다. 그전에는 내 가슴에 심술궂은 살모사가 살고, 이번엔 피의 색까지 조금 바뀌었으니, 점점 더 야생의 시골 처녀가 돼 가는 기분이었다. 어머니와 툇마루에서 뜨개질 같은 걸 해도, 이상하게 거북하고 답답하여 오히려 밭에 나가, 흙을 파서 일구는 편이 마음 편할 정도였다.

근육노동이라는 게 이런 걸까. 이러한 육체노동은 지금이 처음은 아니다. 나는 전쟁 때에 징용되어, 달구질까지 했다. 지금 밭에 신고 나온 지카타비*도 그때 군에서 배급받은 것이다. 지카타비라는 것을, 그때, 그야말로 태어나서 처음으로 신어 봤는데, 깜짝 놀랄 정도로 착용감이 좋았다. 그것을 신고 정원을 걸어 보니 새나 짐승이 맨발로 땅바닥을 걷는 가벼움을, 나도 잘 알 것 같은 마음이 들어, 가슴에 통증을 느낄 정도로 몹시 기뻤다.

작년은 아무 일도 없었다.

재작년은 아무 일도 없었다.

그 전년도 아무 일도 없었다.

그런 재미있는 시가 전쟁 직후 어느 신문에 게재되어 있었는데, 정말, 지금 생각해 봐도, 여러 가지 일이 있었던 것 같으면서도, 역시, 아무 일도 없었던 것 같은 생각도 든다. 나는 전쟁의 추억은 말하는 것도 듣는 것도 싫다. 사람이 많이 죽었

* 일본 버선 모양의 노동자용 작업화.

음에도, 진부하고 따분하다. 하지만 나는 역시 제멋대로인 것일까. 내가 징용되어 지카타비를 신고 달구질을 했을 때의 일만은, 그렇게 진부하다는 생각이 들지 않는다. 상당히 불쾌한 경험도 했지만, 그러나 나는 달구질 덕분에 완전히 몸이 튼튼해졌다. 지금도 나는, 마침내 생활이 어려워지면, 달구질을 해서 살아가야지라고 생각하는 일이 있을 정도이다.

전쟁이 슬슬 절망적인 국면으로 접어들었을 무렵, 군복 같은 것을 입은 남자가 니시카타초 집에 와서, 나에게 징용장과 노동 일정이 적힌 종이를 건넸다. 노동 일정이 적힌 종이를 보니, 나는 그다음 날부터 이틀에 한 번씩 다치가와立川 깊은 산에 다녀야 했기 때문에, 나도 모르게 눈에서 눈물이 흘렀다.

"대리인이 가면 안 되나요?"

눈물이 멈추지 않아 흐느껴 울고 말았다.

"군에서 당신을 징용한 것이니 반드시 본인이어야 한다."

그 남자는 강한 어투로 대답했다.

나는 갈 결심을 했다.

그다음 날은 비가 왔다. 우리들은 다치가와 산기슭에 정렬되었고, 우선 장교의 설교가 있었다.

"전쟁에서는 반드시 이긴다"

라고 서두에 말한 후

"전쟁에는 반드시 이기겠지만, 여러분이 군의 명령대로 일을 하지 않으면 작전에 지장을 초래해 오키나와 같은 결과가 될 것이다. 반드시 명령받은 일은 해주었으면 한다. 그리고 이 산에도 스파이가 잠입해 있을지도 모르니, 서로 주의할 것. 여러분도 이제부터는 군인과 마찬가지로 진지 안에 들어가 일을 할 테니, 진지의 상황은 절대로 다른 사람에게 말하지 않도록 충분히 주의하기 바란다"

라고 말했다.

산은 비로 부였는데, 남녀 합해서 오백 명 가까운 대원이 비에 젖어 가며 서서 그 이야기를 경청하고 있었다. 대원 중에는 초등학생인 남자아이 여자아이도 섞여 있었는데, 모두 추운 듯 울상을 짓고 있었다. 비는 내 레인코트를 통과해 상의에 스며들더니, 이윽고 속옷까지 적실 정도였다.

그날은 하루 종일 삼태기 메는 일을 했는데 돌아오는 전차 안에서 눈물이 나서 견딜 수가 없었다. 다음번은 달구질을 위한 밧줄 끌기였다. 그리고 나는 그 일이 가장 재미있었다.

두 번, 세 번, 산에 가는 사이에, 초등학생 남녀 아이들이 내 모습을 몹시 빤히 쳐다보게 되었다. 어느 날 내가 삼태기를 메고 가고 있을 때 남학생 두세 명이 나와 스쳐 지나갔는데, 그중 한 명이

"저 사람이, 스파이야?"

라고 작은 목소리로 하는 말을 듣고 나는 깜짝 놀라고 말았다.

"왜 저런 말을 할까요?"

나는 나와 나란히 삼태기를 메고 걷고 있는 젊은 아가씨에게 물었다.

"외국인 같아 보여서요."

젊은 아가씨는 진지하게 대답했다.

"당신도 나를 스파이라고 생각해요?"

"아니요."

이번에는 조금 웃으며 대답했다.

"나, 일본인이에요."

라고 말한 후, 내 대답이, 내가 생각해도 터무니없는 난센스처럼 여겨져, 혼자서 킥킥 웃었다.

어느 화창한 날, 나는 아침부터 남자들과 함께 통나무를 옮기고 있었는데, 감독하는 젊은 장교가 얼굴을 찡그린 채 나를 가리키며,

"이봐, 자네. 자네는 이쪽으로 오게."

라고 말하고, 서둘러 소나무숲 쪽으로 걸어갔다. 내가 불안과 공포로 가슴 떨며 그 뒤를 따라갔더니, 숲 안쪽에 제재소

에서 이제 막 도착한 판자가 쌓여 있었다. 장교는 그 앞까지 가서 서더니, 휙 내 쪽으로 몸을 돌리고

"매일, 힘들지요. 오늘은 이 목재 망보는 일을 하세요"

라며 하얀 이를 드러내고 웃었다.

"여기에 서 있으면 되나요?"

"여기는 선선하고 조용하니, 이 판자 위에서 낮잠이라도 자세요. 만약 심심하면, 이건 읽었을지도 모르지만"

이라고 말하고, 윗옷 주머니에서 작은 문고판을 꺼내 쑥스러운 듯이 판자 위로 던지며,

"이런 것이라도, 읽으세요"

문고에는 『트로이카』*라고 쓰여 있었다.

나는 그 문고를 집어 들고

"감사합니다. 저희 집에도 책을 좋아하는 사람이 있어요. 지금 남방에 가 있습니다만"

이라고 말씀 드리니, 잘못 들었는지

"아, 그래요. 당신 남편이로군요. 남방은 고생스러울 텐데"

라고 머리를 흔들며 조용히 말하고

"하여간, 오늘은 여기서 망보는 일을 하세요. 당신 도시락

---

* 『트로이카』라는 문고의 존재를 확인하지 못했다.

은 나중에 제가 가져다 드릴 테니, 푹 쉬세요"

라고 내뱉고는, 급히 돌아갔다.

나는 재목 위에 앉아 문고를 읽었다. 반쯤 읽었을 무렵, 그
장교가 뚜벅뚜벅 구두 소리를 내며 다가와

"도시락을 가져왔어요. 혼자서, 재미없지요"

라고 말하고, 도시락을 풀밭 위에 두고, 다시 서둘러 돌아
갔다.

나는 도시락을 먹은 후, 이번에는 재목 위에 기어 올라가
누워서 책을 읽었다. 다 읽은 후 꾸벅꾸벅 낮잠을 자기 시작
했다.

잠에서 깬 것은 오후 3시 지나서였다. 나는 문득 그 젊은
장교를 전에 어딘가에서 본 것 같은 기분이 들어 생각해 보았
지만, 생각나지 않았다. 재목에서 내려와 머리를 매만지고 있
는데, 또 뚜벅뚜벅 구두 소리가 들려왔다.

"저, 오늘 수고 많이 했어요. 이제, 돌아가도 좋아요."

나는 장교 쪽으로 뛰어 다가가 문고를 내밀며 감사의 말을
하려고 했지만, 말이 나오지 않아 말없이 장교의 얼굴을 올려
다보았다. 두 사람의 눈이 마주쳤을 때, 내 눈에서 눈물이 뚝
뚝 떨어졌다. 그러자 그 장교의 눈에도 반짝 눈물이 빛났다.

그대로 말없이 헤어졌는데, 그 젊은 장교는 그 이후 한 번

도, 우리들이 일하는 곳에 모습을 보이지 않았다. 나는 그날 단 하루 놀 수 있었을 뿐으로, 그 후로는 역시 이틀에 한 번씩 다치카와산에서 힘든 작업을 했다. 어머니는 내 몸을 끊임없이 걱정해 주셨지만, 나는 오히려 건강해져서 지금은 달구질을 직업으로 해도 좋을 것 같다는 자신감을 은밀히 가지고 있고, 또 밭일도 특별히 힘들다고 느끼지 않는 여자가 되었다.

전쟁에 대해서는 말하는 것도 듣는 것도 싫다고 말하면서, 나도 모르게 나의 '귀중한 체험담'을 말해 버렸는데, 그러나 내 전쟁의 추억 속에서 조금이라도 말하고 싶은 것은, 대강 이 정도로 나머지는 언젠가의 그 시처럼,

작년은 아무 일도 없었다.

재작년은 아무 일도 없었다.

그 전년도 아무 일도 없었다.

라고 말하고 싶을 정도로, 그저 시시했고, 내게 남아 있는 것은 이 지카타비 한 켤레, 라는 허무함이다.

지카타비 때문에 그만 잡담을 시작하여 말이 옆으로 샜는데, 나는 이 전쟁의 유일한 기념품이라고 할 수 있는 지카타비를 신고, 매일 밭에 나가, 가슴 깊은 곳의 은밀한 불안과 초조를 달랬지만, 어머니는 이 무렵 눈에 띄게 날이 갈수록 약해져 가는 것이 보였다.

뱀 알.

화재.

그 무렵부터 어머니는 부쩍 병자같이 되셨다. 그리고 나는, 그 반대로 점점 거칠고 천박한 여자가 되어 가는 느낌이 들었다. 왠지 내가 어머니로부터 점점 생기를 빨아들여 살이 쪄 가는 듯한 기분이 들어 견딜 수가 없었다.

화재 때도 어머니는, 태우기 위한 장작인걸, 이라는 농담을 하고, 그 후로 화재에 대해서는 한 마디도 하시지 않은 채 오히려 나를 위로하는 듯했지만, 그러나 내심 어머니가 받으신 쇼크는 내가 받은 쇼크보다 분명 열 배나 강했을 것이다. 그 화재가 있었기 때문에, 어머니는 한밤중에 가끔 신음하셨고, 또 바람이 강한 밤엔 화장실 가는 척을 하며, 늦은 밤 몇 번이고 잠자리에서 일어나 집 안을 돌아다니셨다. 안색은 언제나 좋지 않았고, 걸으시는 것조차 힘겨워 보이는 날도 있었다. 밭일을 돕고 싶다고 전에는 말씀하셨는데, 한 번 내가, 그만두세요, 라고 했는데도 우물에서 커다란 들통으로 밭에 물을 대여섯 번 퍼 나르시더니, 다음 날, 숨도 쉴 수 없을 정도로 어깨가 결린다고 말씀하시고 하루 종일 누워 계셨다. 그런 일이 있고 나서는 과연 밭일은 포기한 모양으로, 가끔 밭에 나오셔도 내가 일하는 모습을 그저 가만히 보고 계실 뿐이었다.

"여름꽃을 좋아하는 사람은 여름에 죽는다고 하는데, 정말일까."

오늘 어머니는 내가 밭일하는 것을 가만히 보고 계시다가 불쑥 그런 말씀을 하셨다. 나는 말없이 가지에 물을 주고 있었다. 아아, 그러고 보니, 벌써 초여름이다.

"난 자귀꽃이 좋은데, 여기 정원에는 한 그루도 없네"

라고 어머니는 또 조용히 말씀하셨다.

"협죽도가 많이 있잖아."

나는 일부러 퉁명스러운 어조로 말했다.

"그건 싫어. 여름꽃은 대부분 좋아하지만, 그건 너무 요망스러워."

"난 장미가 좋아. 하지만, 사계절 피니까 장미를 좋아하는 사람은, 봄에 죽고, 여름에 죽고, 가을에 죽고, 겨울에 죽고 네 번이나 죽어야 하는 거야?"

둘은 웃었다.

"조금 쉬지 않을래?"

어머니는 여전히 웃으시면서

"오늘은 가즈코랑 의논하고 싶은 일이 있어."

"뭔데? 죽는 이야기 같은 건, 딱 질색이야."

나는 어머니 뒤를 따라가서, 등나무 시렁 아래 벤치에 나란히 앉았다. 등나무 꽃은 이미 지고, 부드러운 오후의 햇살이 그 잎사귀를 지나 우리 무릎에 비춰, 우리 무릎을 초록색으로 물들였다.

"전부터 들어줬으면 하던 건데, 서로 기분이 좋을 때 이야기할 생각으로, 지금까지 기회를 기다리고 있었어. 어차피 좋은 이야기는 아니야. 하지만 오늘은 왠지 나도 술술 이야기할 수 있는 느낌이 드니까, 뭐, 너도 참고 끝까지 들어줘. 실은 말이야, 나오지는 살아 있어."

나는, 몸이 굳었다.

"5, 6일 전에 와다 숙부님으로부터 연락이 있었는데, 숙부님 회사에 이전 근무했던 분으로, 최근 남방에서 귀환해서 숙부님께 인사하러 왔을 때, 여러 가지 이야기 끝에 그분이 우연히도 나오지와 같은 부대였다는 것, 나오지는 무사하다는 것, 이제 곧 귀환할 것이라는 사실을 알았대. 하지만 말이야, 한 가지 안 좋은 일이 있어. 그분 말씀으로는 나오지가 상당히 심하게 아편에 중독된 모양이라고, ……"

"또!"

나는 쓴 것을 먹은 것처럼, 입을 일그러뜨렸다. 나오지는 고등학교 무렵에 어느 소설가 흉내를 내다가 마약에 중독되어, 그 때문에 약국에 엄청난 금액의 빚을 졌고, 어머니는 그 빚을 약국에 전부 갚는 데 2년이나 걸렸다.

"그래. 또 시작한 모양이야. 하지만 그걸 고치지 못하면 귀향도 허락되지 않을 테니, 분명 고치고 올 거라고, 그분도 말했대. 숙부님의 편지에서는 고치고 돌아왔다고 해도, 그런 마음가짐을 가진 녀석은 즉시 어딘가 취직시킬 수도 없다. 지금의 이 혼란스러운 도쿄에서 일하면, 제대로 된 인간조차 조금 이상해지는 기분이 든다. 이제 중독을 고친 반*병자는, 즉시 미칠 것 같은 상태가 되어 무슨 짓을 저지를지 모른다. 그러니 나오지가 돌아오면, 즉시 이 이즈의 산장에서 맡아 아무 데도 보내지 말고, 당분간 여기서 요양시키는 게 좋다. 이게 한 가지. 그리고 말이지, 가즈코. 숙부님이 말이야. 또 한 가지 말씀하신 게 있어. 숙부님 말씀으로는 이제 우리들 돈이, 전혀 남아 있지 않대. 저금 봉쇄다 재산세다로, 이제 숙부님도 지금까지처럼 우리들에게 돈을 보내는 일이 힘들어지게 됐대. 그래서 말이야, 나오지가 돌아와, 어머니랑 나오지랑 가즈코 셋이 놀며 보내서는 숙부님도 그 생활비를 마련하는 데 몹시 힘드니까, 지금 가즈코가 시집갈 곳을 찾거나, 고용살이할 집을 찾거나, 하라는 말씀이셨어."

"고용살이라니, 하녀로 가라는 말?"

"아니, 숙부님은 말이지, 그러니까, 저, 고마바駒場의"

라며 어느 황족의 이름을 대고

"그 황족이라면 우리와도 혈연관계이고, 따님의 가정교사 겸해 고용살이를 가도, 가즈코가 그렇게 외롭거나 거북한 느낌이 들지 않을 거라고, 말씀하셔."

"다른 일자리는 없을까."

"다른 직업은, 가즈코에게는 아무래도 무리일 거라고 하셔."

"왜 무리지? 응, 왜 무리지?"

어머니는 쓸쓸하게 미소 지으실 뿐으로, 아무런 대답도 하지 않았다.

"싫어! 나, 그런 얘기."

스스로도 터무니없는 말을 했다고 생각했지만, 멈춰지지 않았다.

"내가, 이런 지카타비를, 이런 지카타비를"

이라고 말했더니, 눈물이 나서, 나도 모르게 울음을 터뜨렸다. 얼굴을 들고 눈물을 손등으로 훔치며 어머니를 향해, 안 돼, 안 돼, 라고 생각하면서도 말이 무의식처럼, 육체와는 전혀 관계없이, 차례차례 계속해서 나왔다.

"언젠가 말했잖아. 가즈코가 있어서, 가즈코가 있어 줘서 어머니는 이즈에 가는 거야, 라고 말했잖아. 가즈코가 없으면,

죽어 버릴 거라고 말했잖아. 그래서, 그러니까, 가즈코는 어디에도 가지 않고, 어머니 옆에서, 이렇게 지카타비를 신고, 어머니에게 맛있는 채소를 주고 싶다고, 그것만 생각하고 있는데, 나오지가 돌아온다는 말을 듣고, 갑자기 나를 방해물 취급하며, 황족의 하녀로 가라니, 너무해. 너무해."

스스로도 심한 말을 한다고 생각하면서도, 말이 다른 생물처럼, 도저히 정리되지 않았다.

"가난해져서, 돈이 없어지면, 우리들의 옷을 팔면 되잖아. 이 집도 팔면 되잖아. 나는 뭐든 할 수 있어. 여기 촌사무소의 여사무원이든 뭐든 될 수 있어. 촌사무소에서 고용해 주지 않으면, 달구질이라도 할 수 있어. 가난한 건 아무것도 아니야. 어머니만 날 사랑해주면, 나는 평생 어머니 곁에 있으려고 생각했는데, 어머니는 나보다 나오지가 더 좋은 거지. 나갈게. 내가 나갈게. 어차피 난 나오지와는 성격이 맞지 않으니까, 셋이 함께 사는 건, 서로에게 불행이야. 나는 지금까지 오랫동안 어머니와 둘이 살았으니까, 이제 미련은 없어. 이제부터 나오지랑 어머니랑 둘이서 오붓하게 살며, 나오지에게 효도 받으면 되겠네. 나는 이제 싫어졌어. 지금까지의 생활이, 싫어졌어. 나갈게. 오늘 당장, 즉시 나갈게. 난 갈 곳이 있어."

나는 일어났다.

"가즈코!"

어머니는 엄하게 말하고, 그리고 전에 나에게 보인 적 없을 정도의 위엄에 찬 표정으로, 쓱 일어나시더니, 나를 마주 보았다. 나보다도 조금 키가 커 보였다.

나는 죄송합니다, 라고 즉시 말하고 싶었지만, 그 말은 아무리 해도 나오지 않고, 오히려 다른 말이 나왔다.

"속였어. 어머니는 나를 속이셨어. 나오지가 올 때까지 나를 이용한 거야. 나는, 어머니의 하녀. 일이 끝나니까, 이번에는 황족 집에 가라고."

엉엉 소리를 내어 나는 선 채로 실컷 울었다.

"넌, 바보구나."

낮게 말씀하신 어머니의 목소리는, 분노로 떨리고 있었다.

나는 얼굴을 들고

"그래, 바보야. 바보니까 속은 거야. 바보니까 방해물 취급 받는 거야. 없는 편이 좋은 거지? 가난이, 뭐야? 돈이, 뭐야? 난 모르겠어. 애정을, 어머니의 애정을, 그것만을 나는 믿고 살아왔어."

또 바보 같은 터무니없는 말을 했다.

어머니는 갑자기 얼굴을 돌리셨다. 울고 계신 것이다. 나는, 죄송합니다, 라고 말하고, 어머니에게 매달리고 싶었지만, 밭

일로 손이 더러운 것이 은근히 신경 쓰이고, 이상하게 천연덕스러워져서,

"나만 없으면 되는 거지? 나갈게. 난, 갈 곳이 있어"

라고 내뱉고, 그대로 종종걸음으로 달려 욕실로 가서, 꺼이 꺼이 울며 얼굴과 손발을 씻은 후 방으로 가서, 양장으로 갈아입는 사이에 또 엉엉 커다란 소리가 나와 쓰러져 울다가, 마음이 풀릴 때까지 더 울고 싶어져서 2층 서양식 방으로 뛰어 올라가, 침대에 몸을 던지고 이불을 머리부터 뒤집어쓰고, 눈물이 마르도록 심하게 울었다. 그러는 사이에 정신이 아찔해지고, 점점 어떤 사람이 그립고 그리워서, 얼굴이 보고 싶고 목소리가 듣고 싶어 견딜 수 없게 되어, 양 발바닥에 뜨거운 뜸을 뜨고, 꾹 참고 있는 듯한, 특별한 기분이 되어 갔다.

저녁 가까이 어머니는 조용히 2층 서양식 방에 들어오셔서, 탁 하고 전등에 불을 켜고 침대 옆으로 다가오셔서

"가즈코"

하고 몹시 상냥하게 부르셨다.

"네."

내가 일어나서 침대 위에 앉아 양손으로 머리를 쓸어 올린 뒤, 어머니의 얼굴을 보고, 후후 하고 웃었다.

어머니도 희미하게 웃으시고, 창 아래 소파에 깊이 몸을 묻

으며,

"나는 태어나서 처음으로 와다 숙부님 말씀을 거역했어.
……엄마는 말이지, 지금, 숙부님에게 답장을 썼어. 우리 아
이들의 일은, 저에게 맡겨 주세요, 라고 썼어. 가즈코, 옷을 팔
자. 두 사람의 옷을 계속 팔아서, 실컷 낭비하며, 사치스러운
생활을 하자. 나는 이제 너에게 밭일 같은 거 시키고 싶지 않
아. 비싼 채소를 사도 좋잖아. 저렇게 매일 밭일을 하는 건 네
게 무리야."

실은 나도 매일의 밭일이 조금 힘들어지기 시작했던 것이
다. 조금 전에 그렇게 미친 듯이 울고불고 한 것도 밭일에 지
쳐, 슬픔이 뒤죽박죽되어 이것도 저것도 원망스럽고 싫어졌기
때문이다.

나는 침대 위에서 고개를 숙이고 말없이 있었다.

"가즈코."

"네."

"갈 곳이 있다고 했는데, 어디?"

나는 내가 목덜미까지 빨개진 것을 의식했다.

"호소타細田 씨?"

나는 잠자코 있었다.

어머니는 깊은 한숨을 내쉬시더니

"옛날 일을 말해도 돼?"

"네"

라고 나는 작은 소리로 말했다.

"네가 야마키山木 씨 집에서 나와 니시카타초 집으로 돌아왔을 때, 엄마는 특별히 너를 책망하는 말은 하지 않았어. 하지만 단 한마디 '엄마는 너에게 배신당했어'라고 말했지. 기억해? 그랬더니 네가 울기 시작해서, ……나도 배신했다 같은 심한 말을 써서 미안하다고 생각했는데, ……"

하지만 나는 그때, 어머니에게 그 말을 듣고 왠지 고마워서, 기쁨의 눈물을 흘린 것이다.

"엄마가 그때 배신당했다고 한 건, 네가 야마키 씨의 집을 나왔기 때문이 아니야. 야마키 씨로부터 가즈코는 실은, 호소다와 사랑하는 사이였어요, 라는 말을 들었기 때문이야. 그 말을 들었을 때는 정말 나는 얼굴빛이 달라지는 기분이었어. 왜냐하면, 호소다 씨에게는 훨씬 전부터 아내와 아이가 있어서, 이쪽에서 아무리 사모해도, 어쩔 수 없는 일이고, ……"

"사랑하는 사이라니, 심한 말을. 야마키 씨가 단지 그렇게 잘못된 의심을 한 것뿐이야"

"그럴까. 너 설마, 그 호소다 씨를 아직도 사모하고 있는 건 아니지. 갈 곳이란, 어디?"

"호소다 씨가 있는 곳은 아니야."

"그래? 그렇다면, 어디?"

"어머니, 나 말이지, 얼마 전에 생각한 건데, 인간이 다른 동물과 전혀 다른 점은 뭘까. 말도 지혜도, 사고도, 사회 질서도, 각각 정도의 차이는 있어도 다른 동물들도 모두 가지고 있잖아? 신앙을 가지고 있을지도 몰라. 인간은 만물의 영장이라고 으스대지만, 다른 동물과의 본질적인 차이가 없는 것 같잖아? 그런데, 어머니, 단 하나 있어. 모르시겠죠. 다른 생물에게는 절대로 없고, 인간에게만 있는 것. 그건 말이지, 비밀, 이라는 거야. 어때?"

어머니는 얼굴을 발그레 물들이고, 아름답게 웃으시더니

"아아, 그 가즈코의 비밀이 좋은 열매를 맺어 준다면 좋겠어. 엄마는 매일 아침, 아버지께 가즈코를 행복하게 해주시길 기도하고 있어."

나는 가슴에 훅 하고 아버지와 나스노*를 드라이브하다가, 도중에 내렸을 때의 가을 벌판의 경치가 떠올랐다. 싸리, 패랭이꽃, 용담꽃, 마타리 등 가을꽃이 피어 있었다. 개머루 열매는 아직 파랬다.

---

* 那須野. 도치기현(栃木県) 북부 및 호우키(箒)강 연안의 벌판.

그리고 아버지는 비와코*에서 모터보트를 탔는데, 내가 물에 뛰어들자 해초에 사는 작은 물고기가 내 다리에 닿았고, 호수 바닥에 내 다리 그림자가 뚜렷이 비쳐, 움직이던 모습이 전후 어떤 연관도 없이 문득 가슴에 떠올랐다가 사라졌다.

나는 침대에서 미끄러져 내려와 어머니의 무릎을 그러안고, 비로소

"어머니, 조금 전에는 죄송했어요"

라고 말할 수 있었다.

생각하면 그날 즈음이 우리 행복의 마지막으로 남은 불빛이 빛났던 무렵이었다. 그 후 나오지가 남방에서 돌아오자, 우리들의 진짜 지옥이 시작되었다.

* 琵琶湖. 시가현(滋賀県)에 있는 일본 최대의 호수.

3

아무리 해도 이제 더는 살아갈 수 없을 것 같은 쓸쓸함. 이
것이, 그, 불안, 이라는 감정일까. 가슴에 고통스러운 파도가
밀려와, 그것은 마치 소나기가 온 후의 하늘을 황급하게 흰
구름이 줄줄이 달려왔다가 달려가 버리듯, 내 심장을 단단히
죄기도 하고, 풀기도 하고, 내 맥박은 불규칙해지고, 호흡이
곤란해지고, 눈앞이 몽롱하여 어두워지고, 전신의 힘이 손가
락 끝에서 훅 빠져나가는 기분이 들어, 뜨개질을 계속할 수
없게 되었다.

이 무렵은 비가 음울하게 계속 내려, 무엇을 해도 마음이
내키지 않았는데, 오늘은 객실 툇마루에 등나무 의자를 꺼내
놓고, 올봄 한 차례 뜨다가 둔 스웨터를 다시 뜰 마음이 들었
다. 옅은 모란색이 흐릿해진 털실로 나는 거기에 코발트블루
색 실을 더해, 스웨터를 짤 생각이다. 그리고 이 옅은 모란색

털실은 지금으로부터 20년 전, 내가 아직 초등학교 다닐 무렵, 어머니가 이걸로 내 목도리를 떠주신 털실이었다. 이 목도리 끝은 두건이었는데, 내가 그걸 쓰고 거울을 봤더니 작은 악마 같았다. 게다가 색이 다른 급우들의 두건 색과 전혀 달랐기 때문에, 나는 싫어서 견딜 수가 없었다. 세금을 많이 내는 집안 친구가 "좋은 목도리를 하고 있구나"라고 어른스러운 어투로 칭찬해 주었지만, 나는 점점 더 부끄러워져서, 그 뒤로는 한 번도 이 목도리를 한 적이 없으며, 오랫동안 내버려 두고 있었던 것이다. 그것을, 올봄, 묵혀 둔 물품의 부활이라는 의미에서, 풀어서 내 스웨터를 만들 생각으로 뜨기 시작했는데, 아무래도 이 흐릿한 색깔이 맘에 들지 않아, 다시 팽개쳤었다. 그러나 오늘은 너무 무료하여, 갑자기 생각이 나 꺼내서는 느릿느릿 떠본 것이다. 하지만 뜨는 사이에 나는 이 옅은 모란색 털실과 비가 올 듯한 회색 하늘이 하나로 녹아, 뭐라 말할 수 없는 부드럽고 순한 색조를 만들어 내고 있다는 사실을 깨달았다. 나는 몰랐다. 옷은 하늘색과의 조화를 생각해야 한다는 중요한 사실을 몰랐던 것이다. 조화란, 이 얼마나 아름답고 멋진 것인가 하며, 다소 놀라고 얼떨떨해했다. 비가 올 듯한 회색 하늘과 옅은 모란색 털실, 그 둘을 짝지으면, 양쪽이 동시에 생기가 넘치는 것이 신기했다. 손에 들고 있는 털실이 갑자기 포근하고 따뜻하게 느껴지고, 비가 올 것 같은 차가운 하늘도 벨벳처럼 부드럽게 느껴졌다. 그리고 모네의 〈안개 속 사원〉*이라는 그림을 연상시켰다. 나는 이 털실 색에 의해, 처음으로 '구goût**'라는 것을 알게 된 느낌이었다. 좋은 취향. 이렇게 어머니는 눈이 내릴 것 같은 겨울 하늘에, 이 옅은 모란색이 얼마나 아름답게 조화되는지 잘 알고 계셔서 일부러 골라 주신 건데, 나는 어리석어 싫어했지만 그것을 어린 나에게 강제하려고 하시지 않고, 내가 좋아하는 대로 하게 둔 어머니. 내가 이 색의 아름다움을 진정으로 알 때까지, 20년 동안이나, 이 색에 대해서 한 마디도 설명하지 않고 침묵하며, 모르는 체하는 태도를 취하신 어머니. 가슴속 깊이 좋은 어머니라고 생각하는 동시에, 이렇게 좋은 어머니를 나와 나오지가 둘이서 못살게 굴고, 곤란하게 하고 약하게 만들어 곧 돌아가시게 하지 않을까, 갑자기 견딜 수 없는 공포와 걱정의 구름이 가슴에 피어오르고, 이런저런 생각을 하게 만들 정도로, 앞일이 몹시 두렵고 나쁜 일만 예상되어, 이제 정말 살아갈 수 없을 정도로 불안해져서, 손끝의 힘

* 모네(1840~1926)는 프랑스의 화가이자 인상파의 창시자. 인상파라는 명칭이 그의 작품 〈인상, 해돋이〉에서 비롯되었다. 〈건초 더미〉 〈루앙 대성당〉의 연작을 비롯하여, 만년의 〈수련〉 시리즈 등이 유명하나, 〈안개 속 사원〉이라는 작품은 없다.
** '심미안, 안목, 센스, 세련미'를 뜻하는 프랑스말.

도 빠졌다. 뜨개바늘을 무릎에 놓고 커다란 한숨을 쉰 후, 얼굴을 쳐들고 눈을 감은 채

"어머니"

라고 나도 모르게 말했다.

어머니는 객실 구석 책상에 기대어, 책을 읽고 계시다가

"응?"

하고 수상하다는 듯이 대답하셨다.

나는 허둥거리다가, 더 큰 소리로,

"드디어 장미가 피었어. 어머니, 알고 있었어? 난 지금 알았어. 드디어 피었네."

객실의 툇마루 바로 앞의 장미. 그것은 와다 숙부님이 예전에 프랑스인지 그리스인지, 잊었지만 하여간 먼 곳에서 가지고 오신 장미로, 2, 3개월 전에 숙부님이 이 산장의 정원에 옮겨 심으신 장미이다. 오늘 아침 그것이 간신히 하나 핀 것을 나는 잘 알고 있었지만, 멋쩍어서 방금 알아챈 것처럼 호들갑을 떤 것이다. 꽃은 짙은 보라색으로 늠름한 교만함과 강함이 있었다.

"알고 있었어."

어머니는 조용히 말씀하시고,

"너에게는 그런 일이 몹시 중요한가 보구나."

"그럴지도 몰라. 안돼 보여?"

"아니. 너에게는 그런 부분이 있다고 말했을 뿐이야. 부엌 성냥갑에 르나르*의 그림을 붙이거나, 인형의 손수건을 만들어 보거나, 그런 일을 좋아하지. 그리고 정원의 장미도 네가 하는 말을 들으면, 살아 있는 사람에 대해서 말하는 것 같아."

"아이가 없어서 그래."

스스로도 전혀 생각지도 못한 말이, 입에서 나왔다. 말하고 나서 깜짝 놀라, 멋쩍어져서 무릎의 뜨개질감을 만지고 있다가,

― 스물아홉이니까.

그렇게 말하는 남자의 목소리가 전화로 듣는 것처럼 낯간지러운 베이스로, 분명히 들리는 듯한 느낌이 들어, 나는 부끄러움으로 뺨이 타는 듯이 뜨거워졌다.

어머니는 아무 말도 하지 않고, 다시, 책을 읽으셨다. 어머니는 얼마 전부터 가제 마스크를 하고 계시는데, 그 탓인지, 최근 들어 부쩍 말수가 없어지셨다. 그 마스크는 나오지의 권유로 하게 된 것이다. 나오지는 열흘 정도 전에 남방의 섬에서 검푸른 얼굴을 하고 돌아왔다.

* 르나르라는 화가는 없음.

아무 예고도 없이 여름 해질녘, 나무로 만든 뒷문을 통해 정원으로 들어와,

"와, 심하다. 센스 없는 집이군. 중국집. 찐만두 있어요, 라고 써 붙이지그래."

그것이 나와 처음으로 얼굴을 마주쳤을 때의, 나오지의 인사였다.

그 2, 3일 전부터 어머니는 혀가 아파 누워 계셨다. 혀끝이, 보기에는 전혀 달라진 것이 없는데, 움직이면 아파서 견딜 수 없다고 하시며, 식사도 멀건 죽뿐이었다. 의사의 진찰을 받아 보는 게 어때? 라고 말해도, 고개를 흔들며,

"웃음거리가 될 거야"

라고 쓴웃음을 지으며 말씀하셨다. 루골액*을 발라 주었지만 전혀 효과가 없는 듯하여, 나는 묘하게 초조해하고 있었다.

그때 나오지가 귀환해서 온 것이다.

나오지는 어머니의 머리맡에 앉아, 다녀왔습니다, 라고 말하며 절하고, 즉시 일어나, 작은 집 안을 이곳저곳 둘러보았다. 나는 그 뒤를 따라 걸으며,

"어때? 어머니는 변하셨어?"

---

* 프랑스 의사 장 루골이 1829년 의학계에 소개한 방부제. 살균소독 작용을 하여 인후, 후두 등의 염증을 완화시켜주는 적갈색의 약.

"변했어. 변했어. 수척해졌어. 빨리 죽는 게 나아. 이런 세상에서, 엄마 같은 사람은, 도저히 살아갈 수 없어. 너무 참담해서 보고 있을 수가 없어."

"나는?"

"천박해졌어. 남자가 두세 명이나 있는 얼굴을 하고 있어. 술은? 오늘 밤은 마실 거야."

나는 이 마을에서 단 하나뿐인 여관에 가서, 여주인 오사키 씨에게, 남동생이 돌아왔으니, 술을 조금 나눠 주세요, 라고 부탁했지만 오사키 씨는, 술은 공교롭게도 지금 다 떨어졌어요, 라고 하기에, 돌아와서 나오지에게 전했더니, 나오지는 한 번도 본 적 없는 타인 같은 얼굴로, 쳇, 교섭이 서툴러서 그런 거야, 라고 말하고, 나에게 여관이 있는 곳을 묻더니, 뜰에서 신는 게다*를 신고 밖으로 뛰어나간 채, 아무리 기다려도 집으로 돌아오지 않았다. 나는 나오지가 좋아하던 구운 사과와, 그리고 계란 요리 등을 만들고, 식당의 전구도 밝은 것으로 교체하고, 오래 기다렸다. 그러는 사이에 오사키 씨가 부엌문으로 살짝 얼굴을 내밀고,

"저기요. 괜찮을까요. 소주를 드시고 계시는데"

* 일본 사람들이 신는 나막신.

라고 예의 잉어 눈처럼 동그란 눈을 더욱 크게 뜨고, 중대한 일인 것인 양 낮은 목소리로 말했다.

"소주라고. 그러니까, 메틸알코올?*"

"아니, 메틸알코올은 아니지만."

"마셔도 병에 걸리지 않지요?"

"네, 하지만, ……"

"마시게 해주세요."

오사키 씨는 침을 삼키듯 고개를 끄덕이고 돌아갔다.

나는 어머니에게 가서

"오사키 씨 집에서 마시고 있대"

라고 말씀 드렸더니, 어머니는 조금 입을 비쭉하며 웃으시더니,

"그래, 아편은 끊었을까. 너는, 밥을 먹어 두렴. 그리고 오늘 밤은 셋이서 이 방에서 자자. 나오지의 이불을 가운데 펴고."

나는 울고 싶은 기분이 들었다.

밤이 깊어, 나오지는 거친 발소리를 내며 돌아왔다. 우리들은 객실에서, 셋이 모기장 하나에 들어가 잤다.

---

* 에탄올과 비슷한 향기가 있는 무색의 액체로, 독성이 강하여 소량이라도 마시면 시력 장애를 일으킨다. 전후 술 대용으로 마시는 사람이 있었는데, 그 독성으로 죽거나 실명하는 사람이 속출했다.

"남방 이야기를, 어머니께 들려드리는 게 어때?"

내가 누워서 말하자,

"아무것도 없어. 아무것도. 잊어버렸어. 일본에 도착하여 기차를 탔더니, 차창 밖으로 논이 무척 아름답게 보였어. 그뿐이야. 전기 꺼. 잘 수가 없잖아."

나는 전등을 껐다. 여름 달빛이 홍수처럼 모기장 안에 충만했다.

다음 날 아침, 나오지는 이불 잠자리에 엎드려, 담배를 피우며, 멀리 바다 쪽을 바라보더니,

"혀가 아프다고?"

라고 비로소 어머니의 건강이 나쁘다는 것을 알아챘다는 듯한 말투로 물었다.

어머니는 그저 희미하게 웃으셨다.

"그건 분명 심리적인 거야. 밤에, 입을 벌리고 자잖아. 칠칠맞게. 마스크를 해. 가제에 리바놀액*이라도 적셔서, 그걸 마스크 안에 넣어 두면 좋을 거야."

나는 그 말을 듣고 웃음을 터뜨렸다.

"그건, 무슨 요법인데?"

---

* 살균 소독제. 아크리놀. 리바놀은 독일 바이엘사의 상품명. 중성이고 황색의 액체.

"미학요법이라고 해."

"하지만, 어머니는 마스크 같은 거, 분명 싫어할 거야."

어머니는 마스크뿐만 아니라, 안대든, 안경이든, 얼굴에 그런 물건을 걸치는 걸 엄청 싫어하셨다.

"저기, 어머니, 마스크 하실 거야?"

내가 여쭸더니,

"할 거야."

라고 진지하고 낮게 대답하셨기 때문에, 나는 깜짝 놀랐다. 나오지가 하는 말이라면, 무엇이든 믿고 따를 생각인 것 같았다.

나는 아침 식사 후, 조금 전에 나오지가 말한 대로, 가제에 리바놀액을 적셔 마스크를 만들어, 어머니께 가져갔다. 어머니는 말없이 받아, 누우신 채로, 마스크 끈을 양쪽 귀에 얌전히 거셨다. 그 모습이 정말 어린 여자아이 같아서, 나는 애처롭게 느껴졌다.

점심때가 지나서, 나오지는 도쿄의 친구와 문학 쪽 선생님 등을 만나야만 한다며, 신사복으로 갈아입고 어머니께 2천 엔을 받아 도쿄로 떠나고 말았다. 그리고 어머니는 매일 마스크를 하시고, 나오지를 기다리신다.

"리바놀이란, 좋은 약이구나. 이 마스크를 쓰고 있으면, 혀의 아픔이 사라져 버려"

라고 웃으면서 말씀하셨지만, 나에게는 어머니가 거짓말을 하시는 것같이 여겨져 견딜 수가 없었다. 이제 괜찮아, 라고 말씀하시며 지금은 일어나 계시지만, 식욕은 역시 없으신 듯했고, 말수도 눈에 띄게 줄었다. 나는 몹시 걱정이 되어, 나오지는 도쿄에서 뭘 하고 있는 걸까, 그 소설가 우에하라上原 씨와 함께 도쿄 시내를 쏘다니며 도쿄의 광기의 소용돌이에 말려든 것이 분명해, 라고 생각하면 생각할수록 괴롭고 힘들어져, 어머니께, 돌연 장미가 피었다고 보고하며, 아이가 없어서 그래, 라고 스스로도 생각지 못한 이상한 말을 하는 등, 더욱 상황이 나빠지자

"아"

하고 말하며 일어서긴 했지만, 어디에도 갈 곳이 없이, 몸 하나 주체 못하고, 휘청휘청 계단을 올라가 2층 서양식 방에 들어가 보았다.

여기는, 앞으로 나오지의 방이 될 곳으로, 4, 5일 전에 내가 어머니와 의논하여, 아래쪽 농가 나카이 씨에게 도움을 청해, 나오지의 옷장과 책상, 책장, 또 장서나 노트 등이 가득한 나무 상자 대여섯 개, 하여간 예전에 니시카타초 집, 나오지 방에 있던 것 전부를, 이곳으로 운반했다. 이제 나오지가 도쿄에

서 돌아오면, 나오지가 좋아하는 위치에 옷장 책장 등을 제각각 놓기로 하고, 그때까지는 그저 어수선하게 여기에 그냥 내버려 두는 편이 좋은 듯했기 때문에. 이미 발 디딜 틈도 없을 정도로 방 안 가득 어질러 놓은 채, 나는 별 생각 없이 발밑의 나무 상자에서, 나오지의 노트를 한 권 집어 들었다. 그 노트 표지에는

밤메꽃 일지

라고 쓰여 있고, 그 안에는 다음과 같은 것이 잔뜩 쓰여 있었다. 나오지가, 그, 마약중독으로 괴로워할 무렵의 수기인 듯했다.

불에 타 죽을 것 같은 기분. 괴로워도 괴롭다고 일언반구 외칠 수 없는, 자고이래 미증유, 세상이 시작된 이래, 전례 없고 끝없는 지옥의 기운을, 속이려 하지 말라.
사상? 거짓말이다. 주의? 거짓말이다. 이상? 거짓말이다. 질서? 거짓말이다. 성실? 진리? 순수? 모두 거짓말이다. 우시지마牛島의 등나무*는 수령 천 년, 유야熊野의 등나무**는 수백 년이라고 하는데, 그 꽃이삭도 전자는 최대 9척(약 270cm) 후자

는 5척(약 150cm) 남짓이라는 말을 듣고, 단지 그 꽃이삭에만 마음이 설렌다.

그것도 사람 자식. 살아 있다.

논리는 어차피 논리에의 사랑이다. 살아 있는 인간에 대한 사랑이 아니다.

돈과 여자. 논리는 수줍어하며 총총히 사라진다.

역사, 철학, 교육, 종교, 법률, 정치, 경제, 사회, 그런 학문보다, 처녀 한 사람의 미소가 숭고하다는 파우스트 박사***의 용감한 실증.

학문이란 허영의 다른 이름이다. 인간이 인간이 아니고자 하는 노력이다.

괴테에게라도 맹세코 말할 수 있다. 나는, 어떻게든 교묘하게 쓸 수 있다. 한 편의 구성을 그르치지 않고, 적당한 익살, 독자의 눈시울을 뜨겁게 만들 비애, 혹은 숙연함, 말하자면 옷깃을

---

* 특별 천연기념물인 등나무.
** 시즈오카켄(静岡県) 이와타군(磐田郡) 토요다초(豊田町) 교토지(行興寺)에 있는 천연기념물 등나무. 노(能, 일본 고전 예능의 한 가지) '유야'의 모델이 된 타이라노 무네모리(平宗守)의 애첩 유야의 무덤이 교토지에 있기 때문에 그렇게 불린다.
*** 15~16세기 독일에 실존하였던, 높은 학문의 경지에 도달하여 신의 세계에까지 접근했다고 알려진 인물. 각종 민담, 인형극 등으로 윤색될 만큼 민중의 사람을 받음. 괴테가 쓴 희곡 『파우스트』의 주인공.

여미게 하는 완벽한 소설. 낭랑하게 음독하면, 이건 바로, 영화 해설인가. 쑥스러워서 어디 쓸 수 있겠어. 애당초 그런, 걸작 의식이, 구차하다는 말이다. 소설을 읽고 옷깃을 여미다니, 미치광이 짓이다. 그렇다면, 차라리 격식 차린 옷차림을 해야겠지. 좋은 작품일수록 얌전빼지 않는 것처럼 보이는데. 나는 친구의 진심으로 즐겁게 웃는 얼굴을 보고 싶은 생각만으로, 소설 한 편, 일부러 실수하여 서툴게 쓴 후 엉덩방아를 찧고 머리를 긁적이며 달아난다. 아아, 그때 친구의 즐거워하는 얼굴이란! 학문이 미치지 못하여, 인간에 미치지 못한 모양. 장난감 나팔을 불며 들려주지. 여기에 일본 제일의 바보가 있습니다. 당신 아직 괜찮은 편이에요. 건재하라! 라고 바라는 애정. 이것은 대체 무엇인가요.

친구, 의기양양한 얼굴로, 저게 녀석의 나쁜 버릇, 안타깝군, 이라고 술회. 사랑받고 있다는 것을 모른다.

불량하지 않은 인간이 있을까.

따분한 느낌.

돈이 필요하다.

아니면,

자면서의 자연사!

약국에 천 엔 가까이 빚이 있다. 오늘 전당포 지배인을 살짝 집으로 데려와, 내 방에 들어오게 한 후 뭔가 이 방에 값나가는 물건이 있는가, 있다면 가지고 가게, 화급하게 돈이 필요하네, 라고 했더니, 지배인은 제대로 방 안을 둘러보지도 않고, 그만두세요. 당신 물건도 아니잖아요, 라고 지껄였다. 좋아, 그렇다면, 내가 지금까지 내 용돈으로 산 물건만 가지고 가게, 라고 위세 좋게 말했으나, 긁어모은 잡동사니뿐, 저당 잡힐 만한 물건은 하나도 없다.

우선 한쪽 손 석고상. 이것은 비너스의 오른손. 달리아꽃과도 닮은 한쪽 손, 새하얀 한쪽 손, 그것이 그저 대 위에 놓여 있다. 하지만 이것을 잘 보면, 이것은 남자에게 알몸을 보인 비너스가 어머나 하고 놀라, 부끄러워, 알몸 전체가 무참하게 담홍색으로 새빨개져, 몸을 비비 꼴 때의 손 모양. 그러한 비너스가 느꼈을 숨조차도 멎을 정도의 알몸의 수줍음이, 손끝에 지문도 없고, 손바닥에 손금 한 줄 없는 순백의 이 가냘픈 왼손에 의해, 보는 이의 가슴도 괴로워질 정도로 애처로운 표정을 짓고 있는 걸 알 것이다. 하지만 이건 어차피 비실용적인 잡동사니. 지배인, 50전이라고 값을 매기다.

그 외, 파리 근교의 커다란 지도, 직경 1척에 가까운 셀룰로이드 팽이, 실보다 가늘게 글씨를 쓸 수 있는 특제 펜촉, 어느 것

이나 발굴해 낸 것이라는 생각으로 산 제품뿐이지만, 지배인
은 웃으며 이만 물러가겠습니다, 라고 한다. 기다려, 라고 제지
하고 나서, 결국 또 책을 산 만큼 지배인에게 지워 주고, 5엔을
받다. 내 책장의 책은 거의 염가의 문고뿐인 데다가, 헌책방에
서 산 것이기 때문에 저당 가격도 자연히 이렇게 싼 것이다.

천 엔의 빚을 해결하기 위해, 5엔. 이 세상에 있어서 나의 실력
은, 대략 이 정도. 웃을 일이 아니다.

데카당?* 그러나 이렇게라도 하지 않으면 살아갈 수가 없어. 그
런 말을 하며 나를 비난하는 사람보다는, 죽어! 라고 말해 주
는 사람이 고맙다. 후련하다. 하지만 사람은, 좀처럼, 죽어! 라
고는 말하지 않는다. 구차하고, 신중한 위선자들이여.

정의? 흔히 말하는 계급투쟁의 본질은 그런 곳에 있지 않다.
인도? 웃기지 마. 난 알고 있어. 자신들의 행복을 위해, 상대를
쓰러뜨리는 것이다. 죽이는 것이다. 죽어! 라는 선고가 아니면
뭔가. 속이려 들면 안 된다.

그러나 우리들의 계급에도 변변한 놈이 없다. 백치, 유령, 수전
노, 미친개, 허풍쟁이, 계십니다, 구름 위에서 소변.

죽어! 라고 말하는 것조차, 아깝다.

---

* décadent. 퇴폐적인 생활을 하는 사람. 문예사조의 명칭으로 퇴폐, 타락을 뜻하는 프랑
스말.

전쟁. 일본의 전쟁은 자포자기다.

자포자기에 말려들어 죽는 건, 싫다. 차라리 혼자서 죽고 싶다.

인간은 거짓말을 할 때, 반드시 진지한 얼굴을 한다. 최근 지도자들의 그 진지함. 헉!

남에게 존경받으려고 생각하지 않는 사람들과 놀고 싶다.

하지만, 그런 좋은 사람들은 나와 놀아 주지 않는다.

내가 조숙한 척했더니, 사람들은 나를 조숙하다고 얘기했다. 내가 게으름뱅이인 척을 했더니, 사람들은 나를 게으름뱅이라고 얘기했다. 내가 소설이 잘 써지지 않는 척을 했더니 사람들은 나를 잘 못 쓰는 사람이라고 얘기했다. 내가 거짓말쟁이인 척했더니, 사람들은 나를 거짓말쟁이라고 얘기했다. 내가 부자인 척했더니, 사람들은 나를 부자라고 얘기했다. 내가 냉담한 척더니 사람들은 나를 냉담한 녀석이라고 얘기했다. 하지만 내가 정말로 괴로워서 나도 모르게 신음했을 때, 사람들은 내가 괴로운 척한다고 얘기했다.

아무래도 엇갈린다.

결국, 자살하는 것 외에는 방법이 없지 않은가.

이처럼 괴로워해도, 오직 자살로 끝나는 것이다, 라고 생각하다가, 목 놓아 울고 말았다.

봄날 아침, 두세 송이 핀 매화 가지에 아침 해가 비추고, 그 가지에 하이델베르크의 젊은 학생이 조용히 목매어 죽어 있었다고 한다.

"엄마! 나를 꾸짖어 주세요!"

"어떤 식으로?"

"겁쟁이! 라고."

"그래? 겁쟁이. …… 이제 됐지?"

엄마에게는 비길 데 없는 장점이 있다. 엄마를 생각하면, 울고 싶어진다. 엄마께 사죄하기 위해서라도 죽어야지.

용서해 주세요. 한 번만, 용서해 주세요.

매년

눈이 먼 채로

학의 새끼

성장하는가 보다

가엾구나 살찌는 것도 (신년 시험 삼아 지음)

모르핀 아트로몰 나르코폰 판토핀 파비날 파노핀 아트로핀*

프라이드란 무엇인가. 프라이드란.

인간은, 아니, 남자는 '나는 뛰어나' '나에게는 좋은 점이 있어'

등이라고 생각하지 않고는 살아갈 수 없는 존재인가.

남을 싫어하고, 남에게 싫어함 당하다.

지혜 겨루기.

엄숙 = 바보 느낌

하여간 말이지, 살아 있으니까 말이지, 속이고 있는 게 분명해.

어느 돈을 꿔 달라고 부탁하는 편지.

'답장을.

* 마약의 종류를 나열한 것.

답장을 주세요.

그리고 그것이 반드시 좋은 소식이기를.

저는 여러 가지 굴욕을 예기하고, 혼자서 신음하고 있습니다.

연극을 하고 있는 것이 아닙니다. 절대로 그렇지 않습니다.

부탁드립니다.

저는 수치심 때문에 죽을 것 같습니다.

과장이 아닙니다.

매일 답장을 기다리며, 밤이고 낮이고 부들부들 떨고 있습니다.

저에게, 치욕을 주지 마세요.

벽에서 소리 죽여 웃는 웃음소리가 들려와, 깊은 밤, 잠자리에서 이리 뒤척 저리 뒤척 하고 있습니다.

저를 부끄럽게 하지 마세요.

누나!'

거기까지 읽고 나는 그 밤메꽃 일지를 덮어, 나무 상자에 되돌려 놓고, 창 쪽으로 걸어가, 창문을 활짝 열고, 하얗게 내리는 비에 부예진 정원을 내려다보면서, 그 무렵의 일을 생각했다.

벌써 그로부터 6년이 지났다. 나오지의 마약중독이 내 이혼 원인이 되었다. 아니, 그렇게 말해서는 안 된다. 내 이혼은 나오지의 마약중독이 없었어도, 다른 뭔가의 계기로 언젠가 성립되도록, 그렇게 되도록, 내가 태어났을 때부터 정해진 일 같은 느낌이 든다. 나오지는 약국에 진 빚 때문에, 자주 나에게 돈을 달라고 치근거렸다. 나는 야마키에게 시집간 지 얼마 되지 않았기 때문에 돈을 자유롭게 쓸 정도는 아니었고, 또 시집 돈을 친정 남동생에게 몰래 보내 주는 일이 몹시 모양새가 좋지 않은 듯이 여겨졌기 때문에, 친정에서 나를 따라온 할멈 오세키와 상담하여, 내 팔찌와 목걸이, 드레스를 팔았다. 남동생은 나에게 돈을 주세요, 라는 편지를 써 보냈는데, 지금은 괴롭고 부끄러워 누님과 얼굴을 마주하는 것도, 또 전화로 얘기하는 것조차 도저히 못하겠으니, 돈은 오세키를 시켜, 교바시 X초 X초메의 카야노 아파트에 살고 있는, 누님의 이름만은 알고 있을, 소설가 우에하라 지로上原二郎 씨에게 전해 주세요. 우에하라 씨는 악덕한 사람인 것처럼 세상에 평판이 나 있지만, 결코 그런 사람이 아니니, 안심하고 돈을 우에하라 씨에게 전달해 주세요. 그러면 우에하라 씨가 즉시 나에게 전화해서 알려 주기로 되어 있으니, 반드시 그렇게 부탁합니다. 저는 이번 중독을 엄마에게만은 알리고 싶지 않습니다. 엄마 모르게 어떻게든 이 중독을 고칠 생각입니다. 저는,

이번에 누님에게 돈을 받으면, 그것으로 약국 빚을 전부 갚은 후 시오바라* 별장에라도 가서 건강한 몸이 되어 돌아올 생각입니다. 정말입니다. 약국의 빚을 전부 갚으면 이제 저는 그날부터 마약을 딱 끊을 생각입니다. 신께 맹세합니다. 믿어 주세요. 엄마에게는 비밀로, 오세키를 시켜 카야노 아파트의 우에하라 씨에게, 부탁합니다, 라는 내용이 그 편지에 쓰여 있었다. 나는 그 지시대로 오세키에게 돈을 들려, 몰래 우에하라 씨의 아파트에 전달하게 했는데, 동생 편지의 맹세는 늘 거짓으로, 시오바라 별장에도 가지 않고, 약물중독은 점점 심해지는 것 같았다. 돈을 조르는 편지의 문장도 비명에 가까운 괴로운 듯한 상태로, 이번에야말로 약물을 끊겠다고, 얼굴을 돌리고 싶을 정도로 애절한 맹세를 하기에, 또 거짓말일지도 몰라, 라고 생각하면서도, 그만 브로치 등을 오세키에게 팔게 하여, 그 돈을 우에하라 씨의 아파트에 전달하게 했다.

"우에하라 씨는 어떤 분?"

"왜소하고 안색이 나쁜, 퉁명스러운 사람이에요"

라고 오세키는 대답했다.

"하지만, 아파트에 계시는 일은 좀처럼 없으세요. 대부분,

---

* 塩原. 도치기켄(栃木県) 북서부 나스군(那須郡)에 있는 마을.

아내분과 일고여덟 살 정도의 따님, 두 분이 계실 뿐이에요. 아내분은 그렇게 예쁘지는 않지만, 상냥하고 반듯한 분인 듯해요. 그 아내분이라면, 안심하고 돈을 맡길 수 있어요."

그 무렵 나는 지금의 나에 비교하면, 아니, 비교도 되지 않을 정도로, 전혀 다른 사람처럼, 멍하고, 천하태평한 사람이었지만, 그럼에도 계속적으로 게다가 점점 많은 금액의 돈을 조르기에, 못 견디게 걱정이 되어, 하루는 노*를 보고 돌아가는 길에 자동차를 긴자에서 돌려보내고, 혼자 걸어서 교바시의 카야노 아파트를 방문했다.

우에하라 씨는 방에서 혼자 신문을 읽고 계셨다. 줄무늬 겹옷에, 감색 천에 희게 붓으로 살짝 스친 것과 같이 짜낸 무늬가 있는 하오리**를 입고 계셨는데, 나이가 든 것인지, 젊은 것인지, 지금까지 본 적 없는 진기한 짐승 같은 이상한 첫인상을 받았다.

"아내는 지금 아이와 함께 배급을 받으러"

약간 콧소리로 띄엄띄엄 말씀하셨다. 나를 아내의 친구로 잘못 생각하신 듯했다. 나는 나오지의 누나라고 말했더니, 우에하라 씨가 흥, 하고 웃었다. 나는 왠지 섬뜩했다.

---

* 能. 일본 고전 예능의 한 가지인 가면 음악극.
** 긴 옷 위에 걸쳐 입는, 옷깃을 접은 짧은 옷.

"나갈까요."

그렇게 말하며 코트를 걸치고, 신발장에서 새로운 게다를 꺼내 신으시더니, 재빨리 아파트 복도를 앞장서서 걸으셨다.

밖은 초겨울의 저녁 무렵. 바람이 차가웠다. 스미다강에서 불어오는 강바람인 듯했다. 우에하라 씨는 그 강바람을 거스르는 것처럼 오른쪽 어깨를 약간 올리고 츠키지 쪽으로 말없이 걸어가셨다.

도쿄 극장 뒤편 빌딩 지하실로 들어갔다. 네다섯 팀의 손님이 다다미 스무 장 정도 크기의 좁고 긴 방에서, 각각 탁자를 사이에 두고, 조용히 술을 마시고 있었다.

우에하라 씨는 컵으로 술을 마셨다. 그리고 나에게도 다른 컵을 가져오게 하여, 술을 권했다. 나는 그 컵으로 두 잔 마셨지만, 아무렇지도 않았다.

우에하라 씨는 술을 마시고 담배를 피웠다. 그리고 언제까지나 말이 없었다. 나도 말없이 있었다. 나는 이런 곳에 온 것은 태어나서 처음이었지만, 몹시 안정이 되고, 기분이 좋았다.

"술이라도 마시면 좋은데."

"네?"

"아니, 남동생. 알코올 쪽으로 전환하면 좋아요. 저도 예전에 마약에 중독된 적이 있는데, 사람들이 어쩐지 기분 나빠

하더군요. 알코올도 비슷한 건데, 알코올은 사람들이 의외로 허용하죠. 남동생을 술꾼으로 만듭시다. 괜찮지요?"

"저는 한번 술꾼을 본 적이 있어요. 신년에 내가 외출하려고 할 때, 저희 집 운전수와 아는 사람이, 자동차 조수석에서, 도깨비같이 새빨간 얼굴을 하고, 드르렁드르렁 커다랗게 코를 골며 자고 있었어요. 제가 놀라서 소리쳤더니, 운전수가 이 사람은 술꾼이어서 어쩔 수가 없어요. 라고 말한 후, 자동차에서 끌어내려 어깨에 걸고 어딘가로 데려갔어요. 뼈가 없는 것처럼 축 늘어졌는데, 그럼에도 중얼중얼했어요. 저는 그때 처음으로 술꾼이라는 것을 봤는데, 재미있었어요."

"저도 술꾼이에요."

"어머, 하지만 다르잖아요?"

"당신도 역시 술꾼이에요."

"그렇지 않아요. 저는 술꾼을 본 적이 있어요. 전혀 달라요."

우에하라 씨는 처음으로 즐거운 듯이 웃으시며

"그렇다면, 남동생도 술꾼이 되지 못할지도 모르지만, 하여간, 술을 마실 수 있는 사람이 되는 편이 좋아요. 돌아갑시다. 늦어지면 곤란하죠?"

"아니요. 상관없어요."

"아니, 실은 내가 불편해서 안 되겠어요. 아가씨! 계산!"

"엄청 비싼가요. 조금이라면, 제가 가지고 있는데."

"그래요. 그렇다면, 계산은 당신이 해요."

"부족할지도 몰라."

나는 가방 안을 들여다보고, 돈이 어느 정도 있는지 우에하라 씨에게 알려 주었다.

"그 정도 있으면, 2차, 3차까지 갈 수 있어요. 바보 취급하는군."

우에하라 씨는 얼굴을 찌푸리며 말하더니, 웃었다.

"어딘가 또 마시러 가실래요?"

라고 물었더니, 진지한 태도로 고개를 흔들며,

"아니, 이걸로 충분해요. 택시를 잡아 줄 테니 돌아가시오."

우리는 지하실의 어두운 계단을 올라갔다. 한 발 앞서 올라간 우에하라 씨가 계단 중간에서, 빙글 이쪽을 향하더니, 재빨리 나에게 키스를 했다. 나는 입술을 굳게 닫은 채, 그것을 받았다.

특별히 우에하라 씨를 좋아한 것은 아니었는데, 그럼에도 그때부터 나에게 그 '비밀'이 생겨 버린 것이다. 쿵쾅쿵쾅쿵쾅 우에하라 씨는 달려서 계단을 올라갔고, 나는 신기하고 투명한 기분으로 천천히 올라가 밖으로 나갔다. 뺨에 부딪히는 강

바람이 몹시 기분이 좋았다.

우에하라 씨가 택시를 잡아 주었고, 우리는 말없이 헤어졌다.

차와 함께 흔들리면서, 나는 세상이 갑자기 바다처럼 넓어진 것 같은 기분이 들었다.

"나에게는 애인이 있어."

어느 날 나는 남편에게 잔소리를 듣고 외로워져서, 문득 그렇게 말했다.

"알고 있어. 호소다지? 아무리 해도 단념할 수 없는 거야?"

나는 가만히 있었다.

그 문제가 뭔가 언짢은 일이 생길 때마다, 우리 부부 사이에서 언급되게 되었다. 이제 끝이로구나, 라고 나는 생각했다. 드레스 만들 천을 잘못 재단했을 때처럼, 이미 그 천은 꿰매어 이을 수 없으니, 전부 버리고 또 다른 새로운 천으로 재단에 착수해야만 한다.

"설마, 그, 뱃속의 아이는"

이라고 어느 날 밤, 남편이 말했을 때에는, 나는 너무도 무서워서 부들부들 떨었다. 지금 생각하면, 나도 남편도, 젊었던 것이다. 나는 연애도 몰랐다. 사랑, 조차, 몰랐다. 나는 호소다 씨가 그린 그림에 빠져, 그런 분의 아내가 됐다면, 얼마나 멋진 일상생활을 할 수 있었을까. 그런 좋은 취미를 가진 분과의 결혼이 아니라면, 결혼 같은 건 무의미해, 라고 누구에게나 말하고 다녔기 때문에, 모두에게 오해를 받았다. 그럼에도 나는 연애도 사랑도 모른 채, 태연하게 호소다 씨를 좋아한다고 공언하고, 취소하려고 하지 않았기 때문에, 이상하게 일이 꼬여서, 그 무렵 내 뱃속에 있던 작은 아기까지 남편의 의혹의 표적이 되는 등 누구 한 사람 이혼 같은 건 드러내 놓고 말한 사람이 없었음에도, 언제부턴가 주위 분위기가 이상해져, 나는 내 시중을 들어주는 오세키와 함께 고향의 어머니께 돌아갔다. 그 후 아이를 사산하고, 나는 병에 걸려 자리에 누웠다. 야마키와의 관계는 그걸로 끝나 버렸다.

나오지는 내가 이혼한 것에 무슨 책임 같은 걸 느꼈는지, 난 죽을 거야, 라고 말하며 엉엉 소리 높여 얼굴이 상할 정도로 울었다. 나는 남동생에게 약국 빚이 얼마냐고 물었는데, 그것은 무서울 정도의 금액이었다. 게다가 그것조차 남동생이 실제 금액을 말할 수 없어, 거짓말한 것을 나중에 알았다. 나중에 판명된 실제 금액은 그때 남동생이 나에게 가르쳐 준 금액의 약 세 배 가까이 되었다.

"나, 우에하라 씨와 만났어. 좋은 분이더라. 앞으로 우에하라 씨와 함께 술을 마시며 노는 게 어때? 술은 몹시 싸던데.

술값 정도라면 내가 언제든 줄게. 약국 빚도 걱정하지 마. 어떻게든 될 거야."

내가 우에하라 씨와 만나고, 그리고 우에하라 씨를 좋은 분이라고 말한 것이, 왠지 몹시 기쁜 듯, 남동생은 그 밤, 나에게 돈을 받아 즉시, 우에하라 씨에게 놀러 갔다.

중독은 그야말로 정신병인지도 모른다. 내가 우에하라 씨를 칭찬하고, 그리고 남동생에게 우에하라 씨의 저서를 빌려 읽고, 대단한 분이네, 등의 말을 하면, 남동생은 누나가 뭘 알겠어, 라고 말하면서도, 무척 기쁜 듯, 그럼 이걸 읽어 봐, 라고 또 다른 우에하라 씨의 저서를 나에게 건넸다. 그러는 사이에 나도 우에하라 씨의 소설을 열의를 가지고 읽게 되어, 둘이서 이런저런 우에하라 씨의 이야기를 했다. 남동생은 매일 밤마다 우에하라 씨에게 거리낌 없이 놀러 가서, 점점 우에하라 씨의 계획대로 알코올 쪽으로 전환해 가는 듯했다. 약국 빚에 대해서 내가 어머니께 살짝 상담했더니, 어머니는 한 손으로 얼굴을 감싸시고, 한동안 가만히 계셨는데, 이윽고 얼굴을 들고 쓸쓸하게 웃으시더니, 생각해도 별수 없지, 몇 년 걸릴지 모르겠지만, 매월 조금씩이라도 갚아 가자, 라고 말씀하셨다.

그로부터 벌써 6년이 지났다.

밤메꽃. 아아, 동생도 괴로울 테지. 게다가 길도 막혀 무엇을 어떻게 해야 할지, 아직도 아무것도 모르고 있겠지. 다만, 매일 죽을 생각으로 술을 마시고 있는 거겠지.

차라리 과감하게 본업인 불량소년이 되어 버리면 어떨까. 그러면, 동생도 오히려 편해지지 않을까.

불량하지 않은 인간이 있을까, 라고 그 노트북에 쓰여 있었지만, 그러고 보니 나도 불량, 숙부님도 불량, 어머니조차 불량하게 여겨진다. 불량이란, 상냥하다는 게 아닐까.

4

편지, 쓸까, 어떻게 할까, 몹시 망설였습니다. 하지만, 오늘 아침, 비둘기처럼 순결하고 뱀처럼 지혜로워라,* 라는 예수의 말을 문뜩 떠올리고 이상하게 힘을 내서 편지를 드리기로 했습니다.

나오지가 요전에 또 찾아뵙고, 상당히 폐를 끼친 듯한데, 정말 죄송합니다. (하지만, 사실은 나오지의 일은, 나오지가 알아서 할 일로, 제가 나서서 사과하는 것은 난센스 같은 생각도 듭니다.) 오늘은 나오지의 일이 아니라 제 일로, 부탁이 있습니다. 교바시 아파트가 재해를 당하여 지금의 주소로 이사하신 일을 나오지에게 들었습니다. 하마터면 도쿄 교외의 이사한 댁으로 찾아갈 뻔했지만, 어머니가 요전부터 다시 건강이 좀 안

---

* 『성경』 마태복음 10장 16절. 원문은 '뱀같이 지혜롭고 비둘기같이 순결하라'임.

좋아져, 도저히 어머니를 두고 상경할 수 없어, 편지를 드리기로 했습니다.

당신에게 상담하고 싶은 것이 있습니다.

저의 이 상담은 지금까지의 〈여대학〉*의 입장에서 보면, 몹시 교활하고 불결하며 악질의 범죄일지도 모르지만, 그럼에도 저는 아니, 우리는 지금 이대로는 도저히 살아갈 수 없을 것 같기에, 남동생 나오지가 이 세상에서 가장 존경하는 당신에게 저의 거짓 없는 마음을 말씀드리고, 조언을 부탁드릴 생각입니다.

저는 지금의 생활이 견딜 수 없습니다. 좋다 싫다 정도가 아니라, 도저히 이대로는 저희 세 식구가 살아갈 수 없을 것 같습니다.

어제도 괴로워서, 몸에 열도 나고 숨쉬기도 괴로워 어찌할 바를 모르고 있는데, 점심시간이 조금 지나, 빗속을 뚫고 아래쪽 농가의 따님이 쌀을 짊어지고 왔습니다. 그래서 저는 약속대로 옷을 건넸습니다. 따님은 식당에서 저와 마주 앉아 차를 마시면서, 그야말로 리얼한 어조로,

"댁은 물건을 팔아서 앞으로 어느 정도 생활할 수 있어요?"

* 女大學. 여자아이가 지녀야 할 수신제가의 마음가짐을 가나로 기록한 책. 봉건 도덕으로 일관하고 있는 이 책은 에도시대의 여자 일반 수신서로 널리 이용되었다.

라고 말했습니다.

"반년이나, 일 년 정도"

라고 저는 대답했습니다. 그리고 오른손으로 반쯤 얼굴을 가리고,

"졸려. 졸려서 견딜 수가 없어요"

라고 말했습니다.

"피곤한 거예요. 졸리는 신경쇠약인 거죠."

"그런 것 같아요."

눈물이 나올 것 같아. 문득 제 마음속에, 리얼리즘이라는 말과 로맨티시즘이라는 말이 떠올랐습니다. 저에게, 리얼리즘은, 없습니다. 이런 상태로 살아갈 수 있을까, 라고 생각하니, 전신에 한기를 느꼈습니다. 어머니는 반은 환자 같아서, 눕거나 일어나거나 할 뿐이고, 남동생은 아시다시피 마음에 중병이 걸린 환자로, 이쪽에 있을 때는 소주를 마시러, 이 근처의 여관과 요릿집을 겸해서 하는 집에 부지런히 다니고, 3일에 한 번은 우리들의 옷가지 판 돈을 가지고 도쿄 방면으로 출장을 갑니다. 하지만 괴로운 것은 이런 일이 아닙니다. 저는 그저 제 자신의 생명이 이런 일상생활 가운데, 파초의 잎이 지지 않고 썩어 가는 것처럼, 꼼짝 않고 선 채 썩어 가는 것을 분명히 예감할 수 있는 것이 두려운 것입니다. 도저히 견딜 수

없는 것입니다. 때문에 저는 〈여대학〉에 어긋나더라도 지금의 생활에서 벗어나고 싶은 것입니다.

그래서 저는 당신에게 상담 드립니다.

저는 지금 어머니나 남동생에게 분명히 선언하고 싶습니다. 나는 전부터 어떤 분을 사랑하고 있었다. 나는 장래 그분의 애인으로서 살아갈 생각이다. 라는 것을 분명히 말하고 싶습니다. 그분은 당신도 분명 아실 것입니다. 그분 이름의 이니셜은 M·C입니다. 저는 전부터 뭔가 괴로운 일이 생기면, 그 M·C에게 달려가고 싶어서, 상사병에 걸릴 지경이었습니다.

M·C에게는 당신과 마찬가지로 아내와 아이도 있습니다. 또, 저보다 훨씬 예쁘고 젊은 여자친구도 있는 듯합니다. 하지만 저는 M·C에게 가는 것 외에, 제가 살 길이 없는 기분입니다. M·C의 아내분과는 아직 만난 적이 없지만, 매우 상냥하고 좋은 분인 듯합니다. 저는 아내분을 생각하면, 제가 무서운 여자라는 생각이 듭니다. 하지만 지금의 제 생활은 그 이상으로 무서운 것 같은 생각이 들어, M·C에게 의지하는 것을 그만두지 못합니다. 비둘기처럼 순결하게, 뱀처럼 지혜롭게, 저는 제 사랑을 성취해 내고 싶습니다. 하지만 분명 어머니도 남동생도 또 세상 사람들도 누구 한 사람 저에게 찬성하

지 않겠지요. 당신은 어떤가요? 저는 결국 혼자 생각하고, 혼자 행동하는 것 외에 방법이 없었다고 생각하면 눈물이 납니다. 태어나서 처음 겪는 일이니까요. 이 어려운 일을 주위 사람들에게 축복받으며 완수해 낼 방법은 없을까, 라고 몹시 복잡한 수학의 인수분해인지 뭔지의 답을 생각하듯이 골똘히 생각하다가, 어딘가 한곳 술술 풀리는 실마리가 있을 것 같은 느낌이 들어, 갑자기 밝아지거나 합니다.

하지만 정작 M·C 본인이 저를 어떻게 생각할지, 그것을 생각하면 의기소침해집니다. 말하자면, 저는 밀어붙이고, ······ 뭐라고 할까요. 억지로 밀어붙여서 된 아내라고 해도 이상하고, 억지로 밀어붙여서 된 애인, 이라고 해도 이상하고, 뭐 그런 것입니다. M·C 편에서 아무리 해도 싫다고 하면, 그걸로 끝. 때문에 당신에게 부탁드립니다. 부디 그분에게 당신이 물어봐 주세요. 6년 전 어느 날, 저의 가슴에 아련하고 희미한 무지개가 걸렸는데, 그것은 연애도 사랑도 아니었지만, 세월이 흐를수록 그 무지개의 색채는 더욱 선명해져서, 저는 지금까지 한 번도 그것을 놓친 적이 없었습니다. 소나기가 걷힌 하늘에 걸린 무지개는 이윽고 허망하게 사라져 버리지만, 사람의 가슴에 걸린 무지개는 사라지지 않는 듯합니다. 부디 그분에게 물어봐 주세요. 그분은 정말 저를 어떻게 생각하셨던 걸까요. 그것이야말로 비 갠 뒤 하늘에 걸린 무지개처럼, 생각하고 계셨던 것일까요. 그리고 훨씬 이전에 사라져 버린 것이라고?

그렇다면 저도 저의 무지개를 지워 버려야만 합니다. 하지만 제 생명을 먼저 지우지 않으면, 제 가슴의 무지개는 지워질 것 같지 않습니다.

답장을, 바랍니다.

우에하라 지로님 (저의 체호프,* 마이 체호프, M·C)

저는, 요즘, 조금씩, 살이 찌고 있습니다. 동물적인 여자가 되어 간다고 하기보다는, 인간다워졌다고 생각합니다. 올여름에, 로렌스의 소설을, 하나 읽었습니다.

답장이 없기에, 다시 한 번 편지를 드립니다. 저번에 드린 편지는, 몹시, 교활한, 뱀 같은 간계로 가득하다는 것을, 낱낱이 간파해 버리셨지요. 정말, 저는 그 편지 한 줄 한 줄을 쓰는 데 모든 지혜를 동원해 보고 싶었습니다. 결국, 저는 당신에게, 제 생활의 도움을 받고 싶다, 돈이 필요하다는 의도로

---

* 체호프(1860~1904). 러시아의 소설가, 극작가, 의사. 투철한 관찰 의식, 인간의 우매함을 꼬집는 유머, 날카로운 아이러니로 뒷받침되는 단편의 명수. 대표작으로 희곡 「갈매기」 「세 자매」 「벚꽃 동산」 등이 있다.

쓴, 그 정도의 편지라고 생각했지요. 그리고, 저도 그것을 부정하지 않겠지만, 그러나, 단지 제가 저의 패트런*이 필요했다면, 실례를 무릅쓰고, 특별히 당신을 선택하여 부탁드리지 않았을 겁니다. 당신 외에도 많은, 저를 애지중지해 주실 부자 노인 등이 있을 것입니다. 실제로 요전에도 묘한 혼담 같은 것이 있었습니다. 그분의 이름은 당신도 아실지 모르겠습니다만, 60세를 넘은 독신 노인으로, 예술원**인가의 회원이라나 뭐라나 그런 대단한 사람이, 저를 아내로 삼고자 이 산장에 찾아왔습니다. 이분은 저희들이 니시카타초에 살 때 근처에 살았기 때문에, 저희들도 이웃사촌인 관계로 가끔 만날 때가 있었습니다. 언젠가, 아마도 가을 저녁 무렵이었다고 기억하는데, 나와 어머니 둘이서, 자동차로 그분 집 앞을 지나갔을 때, 그분이 홀로 멍하니 자택 문 옆에 서 있었습니다. 어머니가 자동차 창문 너머로 살짝 그분께 인사를 했더니, 그분의 깐깐해 보이는 푸르뎅뎅한 얼굴이 순식간에 단풍보다 붉어졌습니다.

"사랑일까."

---

* patron. (화가·작가 등에 대한) 후원자. 술장사하는 여성을 금전적으로 원조하는 남성.
** 예술 부문에서 큰 공적을 남긴 예술가를 우대하기 위한 명예기관. 제1부는 미술, 제2부는 문예, 제3부는 음악 연극 무용으로 나뉜다. 부회(部会)의 추천으로 문부과학성 장관에 의해 임명되는 종신회원 120명 정도로 구성된다.

나는 들떠서 말했습니다.

"어머니를 좋아하는 거야."

하지만 어머니는 침착하게

"아니. 훌륭한 분."

이라고 혼잣말처럼, 말씀하셨습니다. 예술가를 존경하는 것은, 우리 집의 가풍인 듯합니다.

그분이, 몇 해 전 부인과 사별하셨다나 뭐라나 하며, 와다 숙부님과 요쿄쿠*를 서로 뽐내는 동료인 어느 황족 분의 소개로, 어머니께 제의를 하셨는데, 어머니는, 가즈코가 생각한 대로의 대답을 그분께 직접 하는 게 어때? 라고 말씀하셨고, 저는 깊이 생각할 것도 없이, 싫었기 때문에, 저는 지금 결혼할 생각이 없습니다. 라는 뜻을 아무렇지 않게 술술 썼습니다.

"거절해도 되죠?"

"그야 뭐. ……나도 무리한 이야기라고 생각하고 있었어."

그 무렵 그분은 가루이자와** 별장에 계셨기 때문에, 그 별장에 거절의 편지를 드렸는데, 그로부터 이틀이 지나 그 편지와 엇갈려, 그분이 몸소 이즈의 온천에 일이 있어 온 김에 잠깐 들렀다고 하시며, 제 답장에 대해서는 전혀 모르신 채 갑

---

* 謠曲. 일본의 가면음악극 노가쿠(能楽) 사장(詞章) 또는 이것에 가락 붙여 부르는 것.
** 軽井沢. 나가노켄(長野県) 동부, 기타사쿠군(北佐久郡)에 있는 피서지.

작스럽게, 이 산장에 오셨습니다. 예술가라는 존재는, 몇 살이 되어도 이렇게 어린아이같이 마음 내키는 대로 하는 것 같아요.

어머니는 건강이 나쁘시기 때문에, 제가 응대하러 나와, 중국풍 거실에서 차를 대접하며,

"저기, 거절의 편지, 지금쯤 가루이자와에 도착했을 거예요. 저, 잘 생각했지만."

하고 말씀드렸습니다.

"그렇습니까."

침착하지 못한 어조로 말씀하시고, 땀을 닦으시더니,

"그렇지만, 거기에 대해서 다시 한번 잘 생각해 보세요. 저는, 당신을, 뭐라고 하면 좋을까요, 말하자면 정신적으로는 행복하게 해줄 수 없을지 모르지만, 그 대신, 물질적으로는 얼마든지 행복하게 해줄 수 있어요. 이것만은, 분명히 말할 수 있어요. 뭐, 솔직하고 숨김없는 이야기입니다만."

"말씀하신, 그, 행복이라는 것을, 저는 잘 모르겠어요. 건방진 말씀을 드리는 것 같아 죄송합니다. 체호프가 아내에게 쓴 편지에, 아이를 낳아 주오, 우리의 아이를 낳아 주오, 라고 쓰여 있었지요. 니체*의 에세이 중에도 아이를 낳게 하고 싶은 여자, 라는 말이 있었어요. 저는, 아이를 갖고 싶어요. 행복

같은 건, 그런 건, 아무래도 좋아요. 돈도 갖고 싶지만, 아이를 기를 수 있을 만큼의 돈이 있으면, 그것으로 충분해요."

그분은, 이상하게 웃으시며,

"당신은, 별난 분이네요. 누구에게든, 생각한 것을 말할 수 있는 분이군요. 당신 같은 분과 함께 있으면, 제 일에도 새로운 영감이 떠오를지도 모르겠어요"

라고, 나이에 맞지 않게, 조금 젠체하는 말을 했습니다. 이런 대단한 예술가의 일을, 만약 정말로 내 힘으로 젊어지게 할 수 있다면, 그것도 보람 있는 일임에 틀림없다고 생각했습니다. 그래도, 저는, 그분에게 안기는 제 모습을, 아무리 해도 생각할 수 없었습니다.

"저에게, 사랑이라는 부분이 없어도 좋으신가요?"

라고 제가 조금 웃으며 물었더니, 그분은 진지하게,

"여자분은, 그걸로 충분해요. 여자는, 멍하니 있어도, 돼요"

라고 말씀하셨습니다.

"하지만, 나 같은 여자는, 역시, 사랑이라는 부분 없이는, 결혼을 생각할 수 없어요. 저, 이미, 어른이에요. 내년에는, 벌써, 서른"

---

* 프리드리히 니체(1844~1900). 독일의 철학자. 저서로는 『비극의 탄생』 『차라투스트라는 이렇게 말했다』 등이 있다.

이라고 말하고, 나도 모르게 입을 막고 싶은 기분이 들었습니다.

서른. 여자에게는, 스물아홉까지는 처녀의 향기가 남아 있다. 그러나, 서른 여자의 몸에는 이미 어디도 처녀의 향기가 없다, 라는 예전에 읽은 프랑스 소설 속의 문구가 문득 떠올라, 견딜 수 없는 쓸쓸함에 사로잡혔습니다. 밖을 보니, 대낮의 빛을 받은 바다가, 유리 파편처럼 날카롭게 빛나고 있었습니다. 그 소설을 읽었을 때는, 그야 그렇다고 가볍게 긍정하고 넘어갔습니다. 서른까지로, 여자의 생활은, 끝난다고 아무렇지 않게 그렇게 생각하던 그 시절이 그립습니다. 팔찌, 목걸이, 드레스, 띠, 하나하나가 내 몸에서 사라져 감에 따라, 내 몸의 처녀의 향기도 차츰 엷어져 갔겠지요. 가난한, 중년의 여자. 오, 싫다. 하지만, 중년 여자의 생활에도, 여자의 생활이, 역시, 있네요. 최근, 그것을 알게 되었습니다. 영국인 여교사가, 영국으로 돌아갈 때, 열아홉이던 나에게 이렇게 말했던 것을 기억합니다.

"당신은, 사랑해서는, 안 돼요. 당신은, 사랑을 하면, 불행해져요. 사랑을, 할 생각이라면, 더, 큰 다음에 하세요. 서른이 돼서 하세요."

하지만, 그런 말을 들어도 저는, 멍하니 있었습니다. 서른이 되어서의 일 같은 건, 그 무렵의 저에게는 상상도 할 수 없는 일이었습니다.

"이 별장을, 파신다는 소문을 들었습니다만."

그분은, 심술궂은 표정으로, 불쑥 말씀하셨습니다.

저는 웃었습니다.

"죄송해요. 벚꽃 동산*이 생각났어요. 당신이, 사 주실 건가요?"

그분은, 과연 민감하게 알아채신 듯, 화난 것처럼 입을 일그러뜨리고 가만히 있었습니다.

어느 황족의 주거용으로, 신엔** 50만 엔으로 이 집을, 사려한다는 이야기가 있었던 것도 사실이지만, 그 이야기는 흐지부지되었는데, 그 소문이라도 들은 것이겠지요. 하지만 벚꽃 동산의 로파힌처럼 우리가 여기는 것은 견딜 수 없다는 듯 몹시 기분이 상한 모습으로, 그 뒤 잠시 일상적인 이야기를 하고 돌아가셨습니다.

제가 지금, 당신에게 구하는 것은, 로파힌이 아닙니다. 그것

* 체호프의 4대 희곡 중 하나. 1904년 초연. 애착을 갖고 있는 영지 '벚꽃 동산'을 남에게 넘겨야 하는 지주 일가와 이것을 경매로 사들이는 신흥 부자 로파힌을 축으로 시대의 변화를 그린 작품.
** 新円. 1946년, 제2차세계대전 후의 인플레이션 대책으로 구 지폐 사용을 금하고 새로 발행한 일본은행권.

은 분명히 말할 수 있습니다. 다만, 중년 여자의 일방적인 요청을, 받아 주세요.

제가 처음 당신과 만난 것은, 벌써 6년 정도 전의 일입니다. 그때는, 저는 당신이라는 사람에 대해서 아무것도 몰랐습니다. 다만, 남동생의 선생님, 그것도 다소 나쁜 선생님, 그렇게 생각하고 있었을 뿐입니다. 그리고, 함께 컵으로 술을 마시고, 그 뒤 당신은 좀 가벼운 장난을 치셨지요. 하지만, 저는 아무렇지 않았습니다. 다만, 이상하게 홀가분해진 기분이었습니다. 당신을, 좋아하지도 싫어하지도, 않았던 것입니다. 그러는 동안, 남동생의 기분을 맞춰 주기 위해 당신의 저서를 남동생에게 빌려서 읽었는데, 재미있을 때도 있었고 재미없을 때도 있었습니다. 그다지 열심인 독자는 아니었지만, 6년간, 어느 때부턴가, 당신이 안개처럼 내 가슴에 스며들었습니다. 그 밤, 지하실 계단에서, 우리가 한 일도, 갑자기 생생하고 선명하게 생각나서, 왠지 그것은, 내 운명을 결정할 정도로 중요한 일인 듯한 느낌이 들어, 당신이 그리웠습니다. 이것이, 사랑일지도 모른다고 생각하니, 몹시 마음이 허전하고 불안하여, 혼자서 훌쩍훌쩍 울었습니다. 당신은, 다른 남자와, 전혀 달랐습니다. 저는 〈갈매기〉*의 니나처럼, 작가를 사랑하는 것이 아닙니다. 저는, 소설가를 동경하는 것이 아닙니다. 문학소녀, 라고 생각하시면, 저도, 당황스럽습니다. 저는, 당신의 아기를 갖고 싶은 것입니다. 훨씬 전에, 당신이 아직 독신이었을 때, 그리고 저도 아직 야마키에게 시집가지 않았을 때, 만나서, 두 사람이 결혼했다면, 저도 지금처럼 고통 없이 살았을지도 모릅니다. 그러나 저는 당신과 결혼하는 것은 이미 불가능하다고 포기했습니다. 당신의 아내를 밀어내는 것은, 비열한 폭력 같아서, 저는 싫습니다. 저는 첩(이 단어, 쓰고 싶지 않지만, 애인, 이라고 해도, 속되게 말하면, 첩임에 틀림없으니, 분명히, 말할게요), 이어도 상관없어요. 하지만 일반적인 첩 생활은, 어려운 일인 것 같아요. 사람들 말로는 첩은 보통, 일이 없어지면, 버려진다고. 예순 가까이 되면, 어떤 남자도, 모두, 본처에게 돌아간다고. 그러니, 첩만은 돼서는 안 된다고, 니시카타초의 할아범과 유모가 이야기하는 것을, 들은 적이 있습니다. 하지만, 그것은 세상의 일반적인 첩으로, 우리의 경우는 다를 것 같은 느낌이 듭니다. 당신에게 있어서, 가장 중요한 것은 역시, 당신의 일이라고 생각합니다. 그리고, 당신이 나를 좋아한다면, 두 사

* 체호프의 4대 희곡 중 하나. 1896년 처음 공연. 배우의 아들이자 작가 지망생인 트레플료프는 애인 니나를 주역으로 하여 새로운 형식의 연극 창조를 꿈꾼다. 하지만 니나는 통속 작가 트리고린을 사랑하여 그를 좇아 모스크바를 떠나는데, 결국은 버림받고 순회 극단에 들어간다. 니나는 이러한 시련을 통해 배우로서의 사명감을 깨닫고, 굳세게 살아가기로 결심한다. 한편, 자기만의 세계에 틀어박힌 트레플료프는 예술과 생활에서 막다른 골목에 이르러 절망 끝에 자살한다.

람이 친하게 지내는 것이, 당신의 일을 위해서도 좋을 것입니다. 그러면, 당신의 아내도, 우리 사이를 납득해 주실 겁니다. 이상한 억지 같지만, 하지만 제 생각은 어디도 틀린 곳이 없다고 생각해요.

문제는, 당신의 대답뿐입니다. 나를 좋아하는지, 싫어하는지, 아니면 별생각 없는지, 그 대답은 무척 두렵지만, 그럼에도 여쭙지 않으면 안 됩니다. 얼마 전의 편지에도, 제가, 억지로 밀어붙여서 된 애인, 이라고 쓰고, 또 이 편지에도, 중년 여자의 일방적인 요청, 이라고 썼지만, 지금 잘 생각해 보면, 당신의 편지가 없으면, 제가 억지로 밀어붙이고자 해도, 아무런 단서가 없어, 혼자서 망연히 여위어 갈 뿐이겠지요. 역시 당신의 무슨 말씀 없으면 안 됐던 것입니다.

지금 문득 생각난 건데, 당신은, 소설에서는 상당히 사랑의 모험 같은 것을 쓰시고, 세상으로부터도 아주 못된 놈이라는 식으로 소문이 나 있지만, 사실은, 상식을 갖춘 분이죠. 저는, 상식이라는 것을 모릅니다. 좋아하는 일을 할 수 있다면, 그것이 좋은 생활이라고 생각합니다. 저는, 당신의 아이를 낳고 싶습니다. 다른 사람의 아이는, 무슨 일이 있어도, 낳고 싶지 않습니다. 그래서, 저는, 당신에게 상담을 하는 것입니다. 이해하셨다면, 답장을 주세요. 당신의 기분을, 분명히,

알려 주세요.

비가 그치고, 바람이 불기 시작했습니다. 지금은 오후 3시입니다. 지금부터, 청주(약 1리터)를 배급 받으러 갑니다. 럼주 병 두 개를, 자루에 넣고, 가슴에 달린 주머니에, 이 편지를 넣고, 이제 10분 정도 있으면, 아랫마을로 갈 것입니다. 이 술은, 남동생에게 주지 않을 것입니다. 가즈코가 마실 것입니다. 매일 밤, 컵으로 한 잔씩 마실 겁니다. 술은, 사실, 컵으로 마셔야 제 맛이죠.

이쪽으로, 오시지 않겠어요?

M·C님

오늘도 비가 내립니다. 눈에 보이지 않는 안개비가 내리고 있습니다. 매일, 외출도 하지 않고 답장을 기다리고 있는데, 결국 오늘까지 소식이 없었습니다. 대체 당신은 무엇을 생각하고 있나요. 요전의 편지에서 그분에 대해서 쓴 것이 잘못이었나요. 이런 혼담을 적어서, 경쟁심을 부추기려는군, 이라고 생각하셨나요. 하지만 그 혼담은 그때뿐이었어요. 조금 전에도 어머니와 그 이야기를 하며 웃었어요. 어머니는 요전에 혀 끝이 아프시다고 하더니, 나오지의 권유로 미학요법을 하여, 그 요법으로 혀의 아픔도 가시고, 요즘은 조금 건강해졌어요.

조금 전 제가 툇마루에 서서, 소용돌이치며 바람에 밀려가는 안개비를 바라보며, 당신의 기분을 생각하고 있는데,

"우유를 데웠으니까, 오렴"

이라고 어머니가 식당 쪽에서 부르셨습니다.

"추우니까, 아주 뜨겁게 해봤어."

우리는 식당에서 김이 나는 뜨거운 우유를 마시면서, 일전의 혼담에 대해 이야기 나누었습니다.

"그분과 난 애초에 어울리지 않았지?"

어머니는 아무렇지 않게

"어울리지 않아"

라고 말씀하셨습니다.

"난 이렇게 제멋대로고 그런데도 예술가를 싫어하지 않고, 게다가 그분은 수입이 많은 듯한데, 그분과 결혼하면 그야 나쁠 것 없다고 생각해. 하지만 싫어."

어머니는 웃으시며

"가즈코는 나쁜 아이네. 그렇게 싫으면서 요전에 그분과 천천히 뭔가 즐겁게 이야기했잖아. 네 기분을 모르겠어."

"어머, 하지만, 재미있었어. 더 여러 가지 이야기를 해보고 싶었어. 난 몸가짐이 나쁘네."

"아니, 끈적끈적한 거야. 가즈코는 끈적끈적."

어머니는 오늘 몹시 활기찼습니다.

그리고 오늘 처음으로 올림머리를 한 내 머리를 보시고

"올림머리는 말이지, 머리숱이 적은 사람이 하면 좋아. 네 올림머리는 지나치게 훌륭해서, 작은 금관이라도 씌워 주고 싶을 정도. 실패야."

"가즈코 실망이야. 왜냐면 어머니가 언젠가, 가즈코는 목덜미가 하얗고 예쁘니까 가급적이면 목덜미를 숨기지 말라고 말씀했잖아."

"그런 건 기억하고 있구나."

"조금이라도 칭찬받은 건, 평생 잊지 않아. 기억하고 있는 편이 즐거운걸."

"요전에 그분에게도, 뭔가 칭찬받은 거지."

"그래. 그래서 끈적끈적해진 거야. 나와 함께 있으면 영감이, 아아, 정말 좋았어. 난 예술가는 싫어하지 않지만, 그런, 인격자인 양 거드름 피우는 사람은, 정말 싫어."

"나오지의 스승님은 어떤 사람이니?"

저는, 가슴이 철렁했습니다.

"잘 모르겠지만, 어차피 나오지의 스승님인걸. 딱지 붙은 불량자인 모양이야."

"딱지 붙은?"

이라고 어머니는 즐거운 듯한 눈빛으로 중얼거리며,

"재미있는 말이구나. 딱지가 붙었다면, 오히려 안전해서 좋잖아. 방울을 목에 달고 있는 새끼 고양이 같아서 귀여울 정도. 딱지가 붙지 않은 불량자가 무서운 거야."

"그럴까."

기쁘고 기뻐 쓱 하고 몸이 연기가 되어 공중으로 빨려 들어가는 기분이었습니다. 아시겠어요? 왜, 제가 기뻤는지. 모르신다면. ······때릴 거예요.

한 번, 정말로, 이쪽에 놀러오지 않으실래요? 제가 나오지에게 당신을 데려오라고 말하는 것도 왠지 부자연스럽고 이상하니까, 당신이 취흥에 겨워 우연히 여기에 들렀다는 형태로, 나오지의 안내로 오셔도 되지만, 가급적 혼자, 그리고 나오지가 도쿄에 가 있는 사이에 와주세요. 나오지가 있으면, 당신을 나오지에게 빼앗겨 버릴 것이고, 분명 당신들은 오사키 씨 가게에 소주인지 뭔지를 마시러 가서 거기에 눌러앉을 것이 뻔하니까요. 저희 집은 조상대대 예술가를 좋아했던 모양입니다. 코린*이라는 화가도, 옛날 저희 교토의 집에 오랫동안 머물며, 맹장지에 아름다운 그림을 그려 주셨습니다. 때문

* 코린(光琳, 1658~1716). 에도시대 중기의 화가.

에, 어머니도 당신의 방문을 분명 기뻐해 주실 겁니다. 당신은 아마 2층 서양식 방에서 머무시게 되겠지요. 잊지 말고 전등을 꺼주세요. 저는 작은 양초를 한 손에 들고 어두운 계단을 올라가서, 그건, 안 되나요? 너무 빠른가요.

전, 불량자가 좋아요. 그것도 딱지 붙은 불량자가, 좋아요. 그리고 저도 딱지 붙은 불량자가 되고 싶어요. 그렇게 하는 것 외에 제가 살아갈 방법이 없는 것 같아요. 당신은, 일본에서 제일가는, 딱지 붙은 불량자이죠? 그리고 요즘 다시 많은 사람들이 당신을 추접하다, 역겹다, 라는 말을 하고, 몹시 미워하며 공격하고 있다는 말을 남동생에게 듣고 점점 당신이 좋아졌어요. 당신은 분명 여러 이성 친구가 있겠지만, 머지않아 점점 저만을 좋아하게 될 거예요. 왠지 저는 그런 생각이 들어요. 그리고 당신은 나와 함께 살며 매일 즐겁게 일을 하겠지요. 어린 시절부터 저는 자주 사람들에게 "너와 함께 있으면 걱정을 잊게 돼"라는 말을 들어 왔어요. 저는 지금까지 사람들에게 미움 받은 경험이 없어요. 모두 저를 좋은 아이라고 말해 주었어요. 때문에 당신도 저를 싫어할 리가 결코 없을 거예요.

만나면 돼요. 이제는 답장도 뭐도 필요 없어요. 만나고 싶어요. 제가 도쿄의 당신 집을 찾아가면 가장 쉽게 만날 수 있겠지만, 어머니가 어쨌든 반¥병자이기에, 제가 꼬박 붙어서 간호사 겸 하녀의 역할을 하므로, 그럴 수가 없어요. 부탁드립니다. 부디 이쪽으로 와주세요. 한번 뵙고 싶습니다. 그리고 모든 것은 만나면 알게 될 일. 제 양쪽 입꼬리 끝에 생긴 희미한 주름을 봐주세요. 세기의 슬픔이 담긴 주름을 봐주세요. 저의 어떤 말보다 제 얼굴이 제 심정을 분명히 당신에게 알려드릴 거예요.

처음에 드린 편지에 제 가슴에 걸린 무지개에 대해 썼는데, 그 무지개는 반딧불이의 빛 같은, 또는 별빛 같은 그런 고상하고 아름다운 것이 아닙니다. 그런 아련하고 먼 생각이었다면, 저는 이렇게 괴로워하지 않고, 서서히 당신을 잊을 수 있었겠지요. 제 가슴의 무지개는 화염의 다리입니다. 가슴이 타 버릴 정도의 생각입니다. 마약중독자가 마약이 떨어져 약을 구할 때의 기분도, 이 정도로 괴롭지 않을 것입니다. 틀리지 않았다, 부정한 것이 아니다, 라고 생각하면서도, 문득 저는 고생스럽고 바보 같은 짓을 하려는 게 아닌가 싶어, 소름이 돋을 때도 있습니다. 미친 게 아닐까 반성하는 그런 기분도 다분히 있습니다. 하지만 저 역시 냉정하게 계획하고 있는 일도 있습니다. 정말, 이쪽으로 한번 와주세요. 언제 오셔도 괜찮아요. 저는 어디도 가지 않고, 언제나 기다리고 있겠습니다. 저를 믿어 주세요.

다시 한 번 만나 그때, 싫다면 분명히 말해 주세요. 내 마음의 이 불길은 당신이 점화한 것이니, 당신이 끄러 와주세요. 저 혼자의 힘으로는 도저히 끌 수가 없습니다. 하여간 만나면, 만나면, 제게 큰 도움이 되겠습니다. 만요슈*나 겐지모노가타리** 무렵이었다면, 제가 말씀 드린 것이, 아무것도 아니었을 텐데.

이런 편지를 비웃는 사람이 있다면, 여자의 살아갈 노력을 비웃는 사람입니다. 여자의 생명을 비웃는 사람입니다. 저는 항구의 숨 막힐 듯한 침체된 공기를 견디지 못하여, 항구 밖이 폭풍우라도, 돛을 올리고 싶습니다. 쉬고 있는 돛은 예외 없이 더럽습니다. 나를 비웃는 사람들은 분명 모두 쉬고 있는 돛입니다. 아무것도 하지 못합니다.

곤란한 여자. 그러나 이 문제로 가장 괴로워하고 있는 사람은 저입니다. 이 문제에 대해서 조금도 괴로워하지 않는 방관자가, 돛을 보기 흉하게 축 늘어뜨리고 이 문제를 비판하는

---

* 萬葉集. 현존하는 가장 오래된 노래집. 20권. 풍부한 인간성에 근거하고 현실에 입각한 감동을 솔직하게 표현한 격조 높은 노래가 많다.
** 源氏物語. 헤이안(平安)시대 중기에 나온 여류 작가 무라사키시키부(紫式部)의 장편소설. 당시의 궁중 생활을 중심으로 주인공 히카루 겐지(光源治)의 사랑과 편력, 영화와 고뇌를 묘사하였음. 전 54첩.

것은 난센스입니다. 저는, 적당히 무슨무슨 주의라는 말을 듣고 싶지 않습니다. 저는 무사상입니다. 저는 사상이나 철학 같은 것으로 행동한 적은 한 번도 없습니다.

세상 사람들에게서 좋다는 말을 듣고, 존경받는 사람들은, 모두 거짓말쟁이에 가짜라는 것을 저는 알고 있습니다. 저는 세상을 신용하지 않습니다. 딱지 붙은 불량자. 저는 그 십자가에만큼은 달려서 죽어도 좋다고 생각합니다. 만인에게 비판 받아도, 그럼에도, 저는 되받아칠 수 있습니다. 너희들은 딱지 붙지 않은 더 위험한 불량자가 아닌가, 라고.

아셨나요?

사랑에는 이유가 없습니다. 조금 억지 논리 비슷한 말이 지나쳤네요. 남동생의 입버릇을 흉내 낸 것뿐이라는 생각도 듭니다. 오시기를 기다릴 뿐입니다. 다시 한 번 뵙고 싶습니다. 그뿐입니다.

기다린다. 아아, 인간 생활에는 기쁘거나 화를 내거나 슬퍼하거나 미워하거나, 여러 가지 감정이 있지만, 하지만 그것은 인간 생활의 불과 1퍼센트를 차지할 뿐의 감정으로, 나머지 99퍼센트는 단지 기다리며 사는 것이 아닐까요. 행복의 발소리가, 복도에서 들려오기를 이제나 저제나 가슴 졸이며 기다리나, 텅 빔. 아아, 인간의 생활이란 너무도 비참. 태어나지 않는 편이 좋았다고 모두가 생각하는 이 현실. 그리고 매일 아침부터 밤까지 허무하게 뭔가를 기다리고 있다. 너무 비참합니다. 태어나기를 잘했다고, 아아, 생명을, 인간을, 세상을, 기뻐해 보고 싶습니다.

가로막는 도덕을 물리칠 순 없나요?

M·C(마이. 체호프의 이니셜이 아닙니다. 저는 작가를 사랑하고 있는 것이 아닙니다. 마이. 차일드)

5

나는 올여름, 어떤 남자에게 세 통의 편지를 보냈지만, 답
장은 없었다. 아무리 생각해도 나에게는 그것 외에는 다른
살아갈 방법이 없을 것 같아, 세 통의 편지에 내 마음속을 적
었기 때문에, 곶의 선단에서 성난 파도를 향해 뛰어드는 기분
으로 우체통에 넣었는데, 아무리 기다려도 답장이 없었다. 남
동생 나오지에게 넌지시 그 사람의 상황을 물었더니, 그 사
람은 아무런 변화 없이, 매일 밤 술을 마시러 돌아다니고, 점
점 부도덕한 작품만 쓰며, 세상 사람들에게 빈축을 사고 미움
을 받는 듯했다. 나오지에게 출판업을 시작하라고 권하자, 나
오지도 마음이 내킨 듯 그 사람 외에도 두세 분의 소설가에
게 고문을 부탁했고, 자본을 대주는 사람도 있다나 어쩐다나.
나오지의 이야기를 듣고 있으면, 내가 사랑하는 사람의 신변
의 분위기에 내 향기는 눈곱만큼도 스며들지 않은 듯했다. 나

는 부끄럽다는 생각보다도 이 세상이라는 것이 내가 생각하는 세상과는 전혀 다른 기묘한 생물 같은 느낌이 들었고, 나 혼자만이 남겨져, 불러도 소리쳐도, 아무런 대답 없는 해질녘 가을 벌판에 서 있는 듯한, 지금까지 맛보지 못한 처참한 기분에 사로잡혔다. 이것이 실연이라는 것일까. 벌판에 이렇게 그저 우두커니 서 있는 사이에, 해가 완전히 저물어, 밤이슬에 얼어 죽는 것 외에 방법이 없는 것일까, 라고 생각하면, 눈물 나지 않는 통곡으로, 양 어깨와 가슴이 격하게 요동치며, 숨도 쉴 수 없는 기분에 사로잡혔다.

이젠 무슨 일이 있어도 직접 상경하여, 우에하라 씨를 만나자, 내 돛은 이미 올려져, 항구 밖으로 나와 버렸으니, 갈 때까지 가야만 한다, 라고 속으로 상경하기 위한 마음의 준비를 시작하자마자, 어머니의 상태가 이상해졌다.

어느 날 밤, 심한 기침이 나서, 열을 재어 보니, 39도였다.

"오늘, 추웠기 때문이야. 내일이 되면, 나을 거야."

라고 어머니는 계속 기침을 하며 작은 목소리로 말씀하셨지만, 나는 왠지 단순한 기침이 아닌 것 같은 생각이 들어, 내일은 하여간 아랫마을 의사 선생님을 불러와야겠다고 결심했다.

다음 날 아침, 열은 37도로 떨어지고 기침도 그다지 나지 않게 되었지만, 그럼에도 나는 마을 의사 선생님께 가서, 어머니가 요즘 갑자기 약해지신 것, 어젯밤부터 다시 열이 나고, 기침도 단순한 감기와는 다른 것 같다는 등의 말씀을 드리고, 진찰을 부탁드렸다.

선생님은 그럼 나중에 찾아뵙겠습니다. 이건 선물 받은 겁니다만, 이라고 말씀하시고 응접실 구석 찬장에서 배 세 개를 꺼내서 내게 주셨다. 그리고 점심 조금 지나 흰 천에 검게 붓으로 살짝 스친 것과 같이 짜낸 무늬가 있는 옷에 여름 하오리를 입으시고 진찰하러 오셨다. 여느 때처럼 정성스럽게 시간을 들어, 청진 타진을 하시고, 내 쪽을 향해 똑바로 몸을 돌리더니,

"걱정하실 것 없습니다. 약을 드시면 나으실 겁니다"

라고 말씀하셨다.

나는 이상하게 우스웠지만, 웃음을 참으며

"주사는, 어떤가요?"

라고 여쭸더니, 진지하게

"그럴 필요는 없어요. 감기니까, 안정을 취하면 금방 나을 겁니다."

라고 말씀하셨다.

하지만 어머니의 열은 그로부터 일주일이 지나도 떨어지지

않았다. 기침은 멎었지만, 열은 아침에는 37도 7부 정도이고, 저녁이 되면 39도가 되었다. 의사 선생님은 그다음 날부터 배탈인가로 쉬고 계셔서, 내가 약을 받으러 갔다. 어머니의 상태가 좋지 않다는 것을 간호사에게 알리고 그 말을 선생님께 전해도 평범한 감기로 걱정할 것 없습니다. 라는 대답과 함께, 물약과 가루약을 주셨다.

나오지는 여전히 도쿄에 간 상태로, 벌써 열흘이 지났는데도 돌아오지 않고 있었다. 나 혼자, 너무 걱정된 나머지 와다 숙부님께, 어머니의 달라진 상태에 대해 엽서를 써서 알려 드렸다.

열이 난 지 열흘째에, 마을 의사 선생님이, 겨우 배탈이 나았습니다. 라며 진찰하러 오셨다.

선생님은 어머니의 가슴을 주의 깊은 표정으로 진찰하시면서,

"알았습니다. 알았어요"

라고 외치시더니, 다시 내 쪽을 향해 똑바로 몸을 돌리고는,

"열이 나는 원인을 알았어요. 왼쪽 폐에 침윤이 생겼어요. 하지만 걱정 없어요. 열은 당분간 계속되겠지만, 안정을 취하시면, 걱정 없어요"

라고 말씀하셨다.

그럴까? 라고 생각하면서도 물에 빠진 사람이 지푸라기라도 잡는 심정도 있어서, 마을 의사 선생님의 그 진단에 나는 조금 안심한 부분도 있었다.

의사 선생님이 돌아가신 후,

"잘됐어, 어머니. 약간의 침윤 같은 건 대부분의 사람에게 있는 거야. 마음만 다잡으시면 간단히 나을 거야. 올여름 기후가 불순한 게 나빴던 거야. 가즈코는 여름꽃도 싫어."

어머니는 눈을 감으시며 웃으시더니,

"여름꽃을 좋아하는 사람은 여름에 죽는다고 하니까, 나도 올여름에 죽는가 싶었는데, 나오지가 돌아와서 가을까지 살아 버렸어."

그런 나오지라도 역시 어머니의 살아갈 버팀목이 되는구나, 라고 생각하니 괴로웠다.

"그럼 이미 여름이 지났으니까, 어머니의 위험기도 고비를 넘은 거네. 어머니, 정원에 싸리꽃이 피었어. 그리고 마타리, 오이풀, 도라지, 솔새, 참억새. 정원이 완전히 가을 정원이 되었어. 10월이 되면, 분명 열도 내릴 거야."

나는 그렇게 되기를 기도하고 있었다. 빨리 이 9월의 더위, 흔히 말하는 늦더위의 계절이 지나면 좋겠다. 그리고 국화가

피고, 화창한 날씨가 계속되면, 분명 어머니의 열도 내려 건강해지고, 나도 그 사람과 만나게 되어, 내 계획도 대륜의 국화처럼 탐스럽게 필지도 모른다. 아, 빨리 10월이 되고, 그리고 어머니의 열이 내리면 좋겠다.

와다 숙부님께 엽서를 보낸 후 일주일 정도 지나 와다 숙부님의 조처로 이전 황족의 진료를 담당하던 미야케宮宅라는 노의사 선생님이 간호사를 데리고 도쿄에서 진찰하러 오셨다.

노의사 선생님은 돌아가신 우리 아버지와도 교분이 있었던 분이었기 때문에, 어머니가 몹시 기뻐하셨다. 게다가 노의사 선생님은 예전부터 예의가 없고 말이 거칠었는데, 그것이 또 어머니의 마음에 드신 듯, 그날은 진찰 같은 건 제쳐 놓고 둘이서 허물없이 이런저런 잡담을 즐기셨다. 내가 부엌에서 푸딩을 만들어, 그것을 객실로 가지고 갔더니 이미 진찰도 끝난 듯, 노의사 선생님은 청진기를 단정치 못하게 목걸이처럼 어깨에 건 채, 객실 복도 등나무 의자에 앉아,

"나도 말이야, 포장마차에 들어가서, 서서 우동을 먹어. 딱히 맛있고 자시고는 없어."

라고 태평하게 잡담을 계속하셨다. 어머니도 아무렇지 않은 표정으로 천장을 보면서, 그 이야기를 듣고 계셨다. 아무 일도 아닌가 보구나, 라고 나는 안심했다.

"어떤가요? 이 마을 의사 선생님은 가슴 왼편에 침윤이 있다고 말씀하셨는데?"

라고 나도 갑자기 힘이 나서 미야케 선생님께 여쭈었더니, 노의사 선생님은 아무렇지 않게

"뭐, 괜찮아."

라고 가볍게 말씀하셨다.

"잘됐어, 어머니."

라고 나는 진심으로 미소 지으며 어머니에게 말을 걸었다.

"괜찮대."

그때, 미야케 선생님은 등나무 의자에서 갑자기 일어나 중국풍 거실로 가셨다. 뭔가 나에게 용무가 있는 듯 보여서, 나는 조용히 그 뒤를 따라갔다.

노의사 선생님은 중국풍 거실에 걸린 족자의 그림자에 가서 멈춰 서더니,

"쌕쌕 소리가 들려."

라고 말씀하셨다.

"침윤이 아닌가요?"

"아니야."

"기관지염인가요?"

나는 이미 눈물을 글썽거리며 여쭈었다.

"아니야."

결핵! 나는 그것이라고 생각하고 싶지 않았다. 폐렴, 침윤, 기관지염이라면 반드시 내 힘으로 낫게 해드릴 수 있다. 하지만 결핵이라면, 아아, 이미 틀렸을지도 모른다. 나는 발밑이 무너져 가는 느낌이 들었다.

"소리가 몹시 나쁜가요? 쌕쌕 하고 들리나요?"

불안한 마음에 나는 흐느껴 울었다.

"오른쪽도 왼쪽도 전부 그래."

"어머니는 아직 건강해요. 밥도 맛있어 맛있어 하시며……"

"어쩔 수 없어."

"거짓말이죠. 저기, 그렇지 않지요? 버터랑 계란이랑 우유를 많이 드시면, 낫지요? 몸에 저항력만 생기면, 열도 내려가지요?"

"그래. 뭐든 많이 드셔야지."

"저기? 그렇지요? 토마토도 매일 다섯 개 정도 드시고 계세요."

"그래, 토마토는 좋지."

"그럼 괜찮은 거지요? 낫겠지요?"

"하지만 이번 병은 치명적일지도 몰라. 그런 각오로 있는 편이 좋을 거야."

　사람의 힘으로 아무리 해도 할 수 없는 것이 이 세상에는 많이 있다는 절망의 벽의 존재에 대해, 태어나서 처음으로 안 것 같은 느낌이 들었다.

　"2년? 3년?"

　나는 떨면서 작은 소리로 물었다.

　"모르겠다. 하여간 이미 손을 댈 수가 없구나."

　그리고 미야케 선생님은 그날 이즈의 나가오카 온천에 숙소를 예약해 두었다며, 간호사와 함께 돌아가셨다. 문밖까지 배웅하고, 정신없이 돌아와 객실의 어머니 머리맡에 앉아, 아무 일도 없었다는 듯이 웃어 보이자, 어머니는

　"의사 선생님은 뭐라고 하셨니?"

　라고 물으셨다.

　"열만 떨어지면 된대."

　"가슴은?"

　"별것 없는 모양이야. 저기, 언젠가 아팠을 때 같은 거야, 분명. 조만간 시원해지면, 점점 괜찮아질 거야."

　나는 자신의 거짓말을 믿으려고 했다. 치명적이라는 등의 무서운 말은 잊으려고 했다. 나는 어머니가 돌아가신다는 것은 내 육체도 함께 소실해 버릴 것 같은 느낌이어서, 도저히

진실이라고 생각할 수 없었다. 앞으로는 전부 잊고, 어머니께 맛난 음식을 많이 많이 만들어 드려야지. 생선. 수프. 통조림. 간. 국물 요리. 토마토. 계란. 우유. 맑은 장국. 두부가 있으면 좋을 텐데. 두부 된장국. 흰쌀밥. 떡. 맛있어 보이는 건 뭐든, 내가 가진 것을 모두 팔아서 어머니께 대접해야지.

나는 일어나 중국풍 거실로 갔다. 그리고 중국풍 거실의 소파를 객실 툇마루 가까이로 옮겨, 어머니의 얼굴이 보이도록 걸터앉았다. 쉬고 계시는 어머니의 얼굴은 조금도 환자 같지 않았다. 눈은 아름답고 맑았으며, 안색도 좋았다. 매일 아침, 규칙적으로 일어나셔서 세면장에 가셨다가 욕실에 딸린 다다미 세 장 크기의 방에서 머리를 묶고, 몸치장을 깔끔하게 하신 후 침상으로 돌아와, 침상에 앉은 채 식사를 끝내고 나서 침상에 눕기도 하고 앉기고 하며 오전 중에는 계속 신문이나 책을 읽으셨고, 열이 나는 것은 오후뿐이었다.

'아아, 어머니는 건강하셔. 분명, 괜찮을 거야'

라고 나는 마음속으로 미야케 선생님의 진찰을 강하게 부정했다.

10월이 되고 국화꽃이 필 무렵이 되면, 등을 생각하는 사이에 나는, 꾸벅꾸벅 졸기 시작했다. 현실에서는 한 번도 본 적 없는 풍경인데 그럼에도 꿈에서는 때때로 그 풍경을 보고,

아아, 또 여기에 왔구나, 라고 생각하는 낯익은 숲속 호숫가
로 나왔다. 나는 일본옷을 입은 청년과 발소리도 없이 함께
걷고 있었다. 풍경 전체가, 녹색 안개가 낀 것 같은 느낌이었
다. 그리고 호수 바닥에 희고 가느다란 다리가 잠겨 있었다.

"아아, 다리가 잠겨 있어. 오늘은 어디에도 못 가. 여기 호텔
에서 쉬어요. 분명 빈방이 있을 거예요."

호숫가에 돌로 지은 호텔이 있었다. 그 호텔의 돌은 녹색
안개에 촉촉이 젖어 있었다. 돌문 위에 금색 글씨로 가늘게
HOTEL SWITZERLAND라고 새겨져 있었다. SWI라고 읽는
사이에, 갑자기 어머니가 생각났다. 어머니는 어떻게 하고 계
실까. 어머니도 이 호텔에 계실까? 라는 의심이 들었다. 그래
서 청년과 함께 돌문을 빠져나가 앞뜰로 들어갔다. 안개 낀
정원에 수국과 닮은 붉고 커다란 꽃이 타는 듯이 피어 있었
다. 어린 시절, 새빨간 수국이 어지럽게 피어 있는 이불 무늬
를 보고, 이상하게 슬펐지만, 역시 붉은 수국이 정말로 있구
나 하고 생각했다.

"춥지 않아?"

"네. 조금. 안개에 귀가 젖어서, 귀 뒤가 차가워요"

라고 말하고 웃으면서

"어머니는 뭘 하고 계실까"

라고 물었다.

그러자 청년은 몹시 슬프고 자애롭게 미소 지으며,

"그분은 무덤 속에 계셔요"

라고 대답했다.

"아"

라고 나는 작게 외쳤다. 그랬던 것이다. 어머니는 이미 계시지 않는 것이다. 어머니의 장례식도 벌써 끝난 것 아닌가. 아아, 어머니는 이미 돌아가셨구나, 라는 것을 의식하고, 이루 표현할 수 없는 쓸쓸함에 몸부림치다가 잠에서 깼다.

베란다는 이미 황혼에 물들었다. 비가 내리고 있었다. 녹색의 쓸쓸함이 꿈속에서처럼, 주변 일대에 감돌고 있었다.

"어머니."

나는 불렀다.

조용한 목소리로

"뭐 해?"

라는 대답이 있었다.

나는 기뻐서 펄쩍 뛰며, 객실로 가서

"지금 말이지, 나, 자고 있었어."

"그래. 뭘 하나 싶었어. 낮잠이 길구나"

라고 재미있다는 듯 웃으셨다.

나는 어머니가 이렇게 우아하게 숨 쉬고 계시는 것이 너무도 기쁘고 고마워서 눈물이 글썽해졌다.

"저녁 메뉴는? 원하는 거 있어?"

나는 조금 들뜬 어투로 그렇게 말했다.

"됐어. 아무것도 필요 없어. 오늘은 39도 5부로 올랐어."

별안간 나는 완전 풀이 죽었다. 그리고 어찌할 바를 몰라 어둑어둑한 방 안을 멍하니 둘러보다가, 문득, 죽고 싶어졌다.

"어떻게 된 거지. 39도 5부라니."

"아무것도 아니야. 단지 열이 나기 전이 싫어. 머리가 좀 아프고 오한이 난 다음 열이 나."

밖은 이미 어두워졌고, 비는 그친 듯했지만 바람이 불기 시작했다. 불을 켜고 식당으로 가려고 하자, 어머니가,

"눈부시니까 켜지 마"

라고 말씀하셨다.

"어두운 데서 가만히 누워 있는 거, 싫잖아?"

라고 선 채 여쭸더니,

"눈을 감고 누워 있으니까, 마찬가지야. 전혀, 외롭지 않아. 오히려 눈부신 게 싫어. 앞으로 계속 객실의 불은 켜지 마"

라고 말씀하셨다.

나에게는 그것도 또한 불길한 느낌이었지만, 말없이 객실의

불을 끄고, 옆방으로 가서 스탠드를 켜니, 견딜 수 없이 쓸쓸해져서 서둘러 식당으로 갔다. 연어 통조림을 찬밥에 올려 먹었더니, 주룩주룩 눈물이 났다.

바람은 밤이 되자 더욱더 강하게 불고, 9시경부터는 비도 섞여 진짜 폭풍우가 되었다. 2, 3일 전에 감아올린 툇마루의 발이 탕탕 소리를 냈고, 나는 객실 옆방에서, 로자 룩셈부르크*의 『경제학입문』을 기묘한 흥분을 느끼면서 읽고 있었다. 이것은 내가 요전에 2층 나오지 방에서 가져온 것인데, 그때 이것과 함께 레닌** 선집, 그리고 카우츠키***의 『사회혁명』 등도 무단으로 빌려와서 옆방 내 책상 위에 놓아 두었다. 어머니가 아침에 세수를 하러 오셨다가 돌아가는 길에 내 책상 옆을 지나시다가, 문득 그 책 세 권에 시선을 멈추고는, 하나하나 손에 들고, 바라보시며 작은 한숨을 쉬시더니, 살짝 다시 책상 위에 두고는, 쓸쓸한 표정으로 내 쪽을 잠깐 보았다. 하지만 그 눈빛은 깊은 슬픔이 그득하면서도 결코 거부나 혐오의 눈

* 로자 룩셈부르크(1870~1919). 폴란드 태생의 여성사회주의자, 경제학자. 저서로 『자본축적론』 『자본론해설』 『경제학입문』 등이 있다.
** 레닌(1870~1924). 러시아의 마르크스주의자. 볼셰비키당·소연방의 창설자. 마르크스주의를 독자적 방식으로 체계화하였다.
*** 카우츠키(1854~1938). 독일 사회민주당. 제2인터내셔널의 지도자 중의 한 명. 저서로 『기독교의 기원』 『농업 문제』 『유물사관』 등이 있다.

빛은 아니었다. 어머니가 읽으시는 책은 위고,* 뒤마 부자,** 뮈세,*** 도데,**** 등인데, 나는 그처럼 감미로운 이야기책에도 혁명의 향기가 있다는 것을 알고 있었다. 어머니처럼 타고난 교양, 이라는 말도 이상하지만, 그런 걸 가진 분은 의외로 아무렇지 않게 당연한 것으로 혁명을 받아들일 수 있을지 모른다. 나역시 이렇게 룩셈부르크의 책을 읽고, 자신이 젠체하는 게 아닌가 하는 마음이 들기도 했지만, 역시 나는 내 나름대로 깊은 흥미를 느꼈다. 여기에 쓰인 것은 경제학에 대한 내용이지만, 경제학으로서 읽으면 참으로 시시하다. 실로 단순하여 뻔한 것뿐이다. 아니, 어쩌면 나는 경제학이라는 것을 전혀 이해할 수 없는지도 모른다. 하여간, 나는 조금도 재미있지 않았다. 인간이라는 것은 인색한 존재이고, 영원히 인색하다는 전제가 없으면 전혀 성립되지 않는 학문으로, 인색하지 않은 인간에게는 분배 문제든 뭐든, 전혀 흥미가 없는 일이다. 그럼에

* 빅토르 마리 위고(1802~1885). 프랑스의 시인, 소설가, 극작가. 저서로 시집 『관조시집』 『여러 세기의 전설』, 소설 『노틀담의 꼽추』 『레 미제라블』 『구십삼년』 등이 있다.
** 알렉산드르 뒤마. 아버지는 대뒤마(1802~1870). 프랑스의 극작가, 소설가. 대표작으로 『삼총사』 『몽테크리스토 백작』 『철가면』 등이 있다. 대뒤마의 아들 소뒤마(1824~1895)는 창부의 순애를 그린 장편 『춘희』로 데뷔했다.
*** 알프레드 드 뮈세(1810~1857). 프랑스 낭만주의파 시인, 극작가. 조르주 상드와의 연애가 유명. 저서로 시편 『밤』, 소설 『세기아의 고백』, 희곡 『로렌자초』 『사랑은 장난으로 하지 마오』 『마리안느의 변덕』 등이 있다.
**** 알퐁스 도데(1840~1897). 프랑스의 작가. 프로방스 출신. 저서로 소설 『나의 풍차 방앗간 편지들』 『마지막 수업』 『사포』, 희곡 『아를의 여인』 등이 있다.

도 나는 이 책을 읽고, 다른 부분에서 기묘한 흥분을 느꼈다. 그것은 이 책의 저자가, 아무런 주저도 없이 닥치는 대로 파괴해 가는 무모한 용기였다. 아무리 도덕에 위배되더라도 사랑하는 사람에게 시원시원하고 빠르게 달려가는 유부녀의 모습조차 떠올랐다. 파괴 사상. 파괴는 딱하고 슬프고 그리고 아름다운 것이다. 파괴하고 다시 세우고, 완성하려는 꿈. 그리고 일단 파괴하면, 영원히 완성되는 날이 오지 않을지도 모르는데, 그럼에도 연모하는 사랑 때문에, 파괴하지 않으면 안 되는 것이다. 혁명을 일으키지 않으면 안 되는 것이다. 로자는 마르크시즘에 대하여, 슬프고 한결같은 사랑을 하고 있었다.

그것은 12년 전의 겨울의 일이었다.

"너는 사라시나 일기*의 소녀구나. 이제 무슨 말을 해도 소용없겠지."

그렇게 말하고 나를 떠나간 친구. 그 친구에게 그때, 나는 레닌의 책을 읽지 않고 돌려준 것이다.

"읽었어?"

"미안. 안 읽었어."

---

* 스가와라노 다카스에(菅原孝標)의 딸 사라시나(更級)의 일기. 1020년 9월 아버지의 임지인 가즈사(上総)를 출발했을 때 쓰기 시작하여, 1058년 남편 다치바나노 토시미치(橘俊通)와 사별할 때까지의 추억이 유려한 필치로 쓰여 있다. 꿈에 관한 기사가 많다.

니콜라이당*이 보이는 다리 위에서의 일이었다.

"왜? 어째서?"

그 친구는 나보다 3cm 정도 키가 크고, 어학을 잘하고, 빨간 베레모가 잘 어울리며, 얼굴도 지오콘다**와 닮았다는 평판의 미인이었다.

"책 표지 색이 싫었어."

"이상한 애구나. 그런 게 아니지? 사실은 내가 무서워진 거지?"

"무섭지 않아. 난, 표지 색이, 참을 수 없었어."

"그래"

라고 쓸쓸한 듯이 말하고, 나를 사라시나 일기라고 말하고, 그리고 무슨 말을 해도 소용없다고, 정해 버렸다.

우리들은 한동안 말없이, 겨울 강을 내려다보았다.

"안녕. 만약 이것이 영원한 이별이라면, 영원히, 안녕. 바이런***"

이라고 말하고, 바이런의 시구를 원문으로 재빨리 읊고, 나

---

* 도쿄도 치요다구(千代田区) 칸다(神田) 스루가다이(駿河台)에 있는 일본 하리스토스 정교회 중앙 본부. 1891년 건립. 1929년 재건.
** 모나리자의 초상화.
*** 바이런(1788~1824). 영국의 시인. 낭만파의 대표자. 젊은 미남 독신 귀족으로 런던 사교계의 총아. 저서로 『차일드 헤럴드의 편력』 『돈 주안』 『맨프렛』 등이 있다.

를 가볍게 안았다.

나는 부끄러워서,

"미안"

이라고 작은 목소리로 사과하고, 오차노미즈*역 쪽으로 걷다가, 뒤돌아보니, 그 친구는 여전히 다리 위에 선 채, 움직이지 않고 가만히 나를 응시하고 있었다.

그 이후 그 친구와 만나지 못했다. 같은 외국인 교사의 집에 다녔지만, 학교가 달랐다.

그 일이 있은 후 12년이 지났지만, 나는 여전히 사라시나 일기에서 한 발짝도 앞으로 나아가지 못했다. 대체 나는 그동안 무엇을 한 것인가. 혁명을, 동경한 적도 없었고, 사랑조차 몰랐다. 지금까지 세상의 어른들은 이 혁명과 사랑 두 가지를, 가장 어리석고 불쾌한 것이라고 우리들에게 가르쳤기에, 전쟁 전에도 전쟁 중에도, 우리들은 그렇게 생각했다. 하지만 전쟁 후, 우리는 세상의 어른들을 신뢰할 수 없게 되었고, 무엇이든 그들이 하는 말의 반대편에 진짜 살길이 있는 것 같은 느낌이 들었다. 혁명도 사랑도, 실은 이 세상에서 가장 좋고 바람직한 것으로 너무도 좋은 것이어서, 어른들은 심술궂게 우

* お茶の水. 도쿄도 치요다구 칸다 스루가다이에서 분쿄구에 걸친 지구의 통칭.

리들에게 덜 익은 포도라고 거짓을 가르친 것이 틀림없다고 생각하게 되었다. 나는 확신하고 싶다. 인간은 사랑과 혁명을 위해 태어난 것이라고.

소리 없이 문이 열리고 어머니가 웃으면서 얼굴을 내미시며,

"아직 깨어 있구나. 졸리지 않니?"

라고 말씀하셨다.

책상 위의 시계를 보니, 12시였다.

"네, 전혀 졸리지 않아. 사회주의 책을 읽었더니, 흥분해 버려서."

"그래. 술 없니? 그럴 때는 술을 마시고 자면, 잠이 잘 오는데."

라고 놀리는 듯한 어투로 말씀하셨는데, 그 태도에는 어딘가 데카당과 종이 한 장 차이의 요염함이 있었다.

이윽고 10월이 되었지만, 청명한 가을 날씨가 아니라 장마철 같은 끈적끈적하고 무더운 날이 계속되었다. 그리고 어머니의 열은 역시 매일 저녁이 되면, 38도와 39도 사이를 오르내렸다.

그러던 어느 날 아침, 무서운 것을 나는 보았다. 어머니의 손이 부어 있었던 것이다. 아침밥이 가장 맛있다고 하시던 어

머니도, 최근에는, 침상에 앉아 죽을 아주 조금, 반찬도 냄새가 강한 것은 못 드시기에, 그날은 송이버섯 맑은 장국을 드렸는데, 역시 송이버섯의 향기조차 싫어하게 되신 듯, 그릇을 입 언저리까지 가져갔다가, 다시 살짝 밥상 위에 놓으셨다. 그때 나는 어머니의 손을 보고 깜짝 놀랐다.

"어머니! 손, 괜찮아?"

얼굴조차 조금 창백하고 부은 듯이 보였다.

"아무것도 아니야. 이 정도는 아무것도 아니야."

"언제부터, 부은 거야?"

어머니는 눈부신 표정을 지으며 말없이 계셨다. 나는 소리 높여 울고 싶었다. 이런 손은 어머니의 손이 아니다. 다른 집 아줌마의 손이다. 내 어머니의 손은 더 가늘고 작은 손이다. 내가 잘 알고 있는 손, 아름다운 손, 귀여운 손. 그 손은 영원히 사라진 것인가. 왼손은 아직 그렇게 붓지 않았지만, 하여간 애처로워 보고 있을 수 없어서, 나는 눈을 돌려, 도코노마*의 꽃바구니를 보았다.

눈물이 나올 것 같아, 견딜 수 없어져서, 벌떡 일어나 식당으로 가니, 나오지가 혼자서 반숙 계란을 먹고 있었다. 가끔

---

* 일본 건축에서 객실인 다다미방의 정면에 바닥을 한 층 높여 만들어 놓은 곳. 벽에는 족자를 걸고, 바닥에 도자기 꽃병 등을 장식해 둔다.

이즈의 이 집에 있는 일이 있어도, 밤에는 어김없이 오사키 씨의 가게에 가서 소주를 마시고, 아침에는 언짢은 얼굴로, 밥은 먹지 않고 반숙 계란을 네다섯 개 먹을 뿐이었다. 그리고 다시 2층으로 가서 일어났다가 누웠다가 했다.

"어머니 손이 부어서"

라고 나오지에게 말을 하고, 고개를 숙였다. 말을 계속할 수가 없어서, 나는 고개를 숙인 채, 어깨를 들썩이며 울었다.

나오지는 잠자코 있었다.

나는 얼굴을 들고,

"이제, 틀렸어. 너, 몰랐어? 저렇게 부으면 이미 틀린 거야"

라고 테이블 가장자리를 잡고 말했다.

나오지도 낯빛이 어두워지더니,

"멀지 않았어, 그야. 쳇. 소용없어졌군."

"나, 다시 한 번, 낫게 하고 싶어. 무슨 수를 써서라도 낫게 하고 싶어."

오른손으로 왼손을 쥐어짜며 말했더니, 갑자기 나오지가 훌쩍훌쩍 울기 시작하며,

"아무것도 좋은 일이 없잖아. 우리에겐 아무것도 좋은 일이 없잖아"

라고 말하며, 주먹으로 마구 눈을 비볐다.

그날, 나오지는 와다 숙부님에게 어머니의 용태를 보고하고, 앞으로의 일에 대한 지시를 받고자 상경하고, 나는 어머니 곁에서 떨어져 있을 때는, 아침부터 밤까지 거의 울었다. 아침 안개 속을 지나 우유를 받으러 갈 때도 거울 앞에 앉아 머리를 빗을 때도, 립스틱을 바르면서도, 언제나 나는 울고 있었다. 어머니와 보낸 행복한 날의, 이런 일 저런 일이 그림처럼 떠올라, 자꾸 눈물이 나서 어찌할 바를 몰랐다. 저녁때 어두워지고 난 후, 중국풍 거실의 베란다에 나가 오랫동안 흐느껴 울었다. 가을 하늘에 별이 반짝이고, 발치에 다른 집 고양이가 웅크리고 앉아 움직이지 않았다.

　다음 날, 손의 붓기는 어제보다도 한층 심해져 있었다. 식사는 아무것도 드시지 않았다. 귤 주스도 입이 헐어서 쓰리니까 못 마신다고 하셨다.

　"어머니, 다시 나오지의 그 마스크를 하는 게 어때?"

　라고 웃으며 말할 생각이었는데, 말하는 사이에, 괴로워져서 으앙 하고 소리 높여 울고 말았다.

　"매일 바빠서, 힘들지? 간호사를 고용해 주렴"

　이라고 조용히 말했지만, 자신의 몸보다도 가즈코를 걱정해 주시는 것을 잘 알기에, 더욱 슬퍼져서, 일어나 달려 욕실의 다다미 세 장 크기의 방으로 가서, 실컷 울었다.

점심때가 조금 지나, 나오지가 미야케 노의사 선생님과 간호사 두 명을 데리고 왔다.

늘 농담만 하시던 노의사 선생님도, 그때는 화가 나신 듯한 표정으로 쿵쿵 병실로 들어오셔서, 즉시 진찰을 시작하셨다. 그리고 누구에게랄 것 없이,

"많이 약해지셨어요"

라고 한마디 나지막이 말씀하시고, 캠퍼 주사*를 놓아 주셨다.

"선생님의 숙소는?"

하고 어머니는 헛소리하듯이 말씀하셨다.

"또 나가오카예요. 예약했으니까, 걱정 없어요. 이 환자는 다른 사람 걱정은 하지 말고, 더 자신의 뜻대로, 먹고 싶은 것은 무엇이든 많이 드셔야만 해요. 영양을 섭취하면 좋아질 거예요. 내일 다시 오겠습니다. 간호사를 한 명 남겨 두고 갈 테니, 쓰세요"

라고 노의사 선생님은 침상의 어머니를 향해 큰 소리로 말한 후, 나오지에게 눈짓을 하고 일어났다.

나오지 혼자 선생님과, 함께 온 간호사를 배웅하러 갔다.

* 캠퍼(kamfer, 강심제의 한 가지) 주사. 강심작용을 위해 일찍이 중증 심부전, 심쇠약 환자 치료에 많이 사용되었다.

잠시 후 돌아온 나오지의 얼굴을 보니, 울고 싶은 것을 참고 있는 얼굴이었다.

우리는 살짝 병실에서 나와, 식당으로 갔다.

"틀린 거지? 그렇지?"

"젠장"

나오지는 입을 일그러뜨리고 웃으며,

"몹시 급격하게 쇠약해진 모양이야. 오늘 내일 모른다고 했어"

라고 말하는 사이에 나오지의 눈에서 눈물이 흘러나왔다.

"여기저기에 전보를 쳐야 하지 않을까."

나는 오히려 아주 침착하게 말했다.

"그건 숙부와도 상담했지만, 숙부는 지금은 그렇게 사람을 모을 수 있는 시대가 아니라고 했어. 와도 이런 좁은 집에서는 오히려 실례이고 이 근처에는 변변한 여관도 없고, 나가오카의 온천도 방을 두세 개나 예약할 순 없고, 그러니까, 우리는 이제 가난해서 그런 대단한 사람을 불러 모을 힘이 없다는 말이야. 숙부는 곧 올 테지만, 녀석은 예전부터 인색해서 전혀 의지가 되지 않아. 어젯밤에도 어머니의 병은 아랑곳하지 않고, 나에게 실컷 잔소리만 했어. 인색한 녀석에게 잔소리 듣고 정신 차렸다는 사람은 동서고금을 통해 한 명이라도 있었던 적은 없어. 남매지만, 어머니와 녀석과는 마치 하늘과 땅 차이라니까, 정말 짜증나."

"하지만, 나는 몰라도, 너는 앞으로 숙부님을 의지해야만……"

"싫어. 차라리 거지가 되는 편이 나아. 누나야말로 앞으로 숙부에게 잘 부탁드려야지."

"내게는……"

눈물이 나왔다.

"내게는 갈 곳이 있어."

"혼담? 정해졌어?"

"아니."

"자활? 일하는 여성? 그만둬, 집어치워."

"자활이 아니야. 난 말이지, 혁명가가 될 거야."

"뭐?"

나오지는 이상한 표정으로 나를 보았다.

그때, 미야케 선생님이 데리고 온 간호사가 나를 부르러 왔다.

"사모님이 뭔가 용건이 있으신 모양이에요."

서둘러 병실로 가서, 이부자리 옆에 앉아,

"왜?"

하고 얼굴을 가까이하며 물었다.

어머니는 뭔가 말하고 싶은 듯했지만, 가만히 계셨다.

"물?"

이라고 여쭸다.

희미하게 고개를 젓는다. 물도 아닌 듯했다.

잠시 후에, 작은 목소리로,

"꿈을 꿨어"

라고 말씀하셨다.

"그래? 무슨 꿈?"

"뱀 꿈."

나는 섬뜩했다.

"툇마루의 섬돌 위에, 빨간 줄무늬가 있는 암뱀이 있지? 보렴."

나는 몸이 서늘해지는 기분으로 벌떡 일어나 툇마루에 나가 유리문 너머를 보았는데, 섬돌 위에 뱀이 가을 햇살을 맞으며 길게 뻗어 있었다. 나는 어질어질 현기증이 났다.

나는 너를 알고 있다. 너는 그전에 비해 조금 커졌고 나이가 들었지만, 내가 알을 태운 그 암뱀이지. 네 복수를 이제 나도 잘 알았으니까, 저쪽을 가렴. 빨리 저쪽으로 가.

라고 마음속으로 기원하며 그 뱀을 응시하고 있었지만, 도 무지 뱀은 움직이려고 하지 않았다. 나는 왠지 간호사에게 그 뱀을 보이고 싶지 않았다. 쿵 하고 세게 발을 구르며

"없어. 어머니. 꿈이란 믿을 수 없는 거야"

라고 일부러 필요 이상으로 커다란 소리로 말하고 얼핏 섬돌 쪽을 보았다. 뱀은 그제야 겨우 몸을 움직여 천천히 돌을 미끄러져 내려갔다.

이제 끝이다. 끝이라는 체념이 이 뱀을 보고 비로소 내 마음 밑바닥에서 솟아났다. 아버지가 돌아가실 때에도, 머리맡에 작고 검은 뱀이 있었다고 하고, 또 그때 정원 나무란 나무에 뱀이 감겨 있는 것을 나는 보았다.

어머니는 침상 위에 일어나 앉을 힘도 없어진 모양으로, 늘 꾸벅꾸벅 졸고 계셨다. 이제는 몸도 완전히 옆에 있는 간호사에게 맡겼고, 음식도 거의 목구멍으로 넘어가지 않는 듯했다. 뱀을 보고 나서 나는 슬픔의 밑바닥을 뚫고 지나간 마음의 평안, 이라고 말하면 좋을까, 그런 행복감과도 비슷한 마음의 여유가 생겨, 이제부터는 가능한 한 그저 어머니 곁에 있겠다고 생각했다.

그리고 그다음 날부터 어머니의 머리맡에 바짝 붙어 앉아 뜨개질 등을 했다. 나는 뜨개질이든 바느질이든 다른 사람보다 훨씬 빠르지만, 서툴렀다. 그래서 언제나 어머니는 그 서툰

부분을 일일이 자상하게 가르쳐 주셨다. 그날도 나는 특별히 뜨개질을 하고 싶은 기분은 없었지만, 어머니 옆에 바짝 붙어 있어도 부자연스럽지 않도록, 그럴싸하게 보이기 위해 털실 상자를 꺼내 다른 생각 없이 뜨개질을 시작했다.

어머니는 내 손을 가만히 응시하다가,

"네 양말을 짜고 있구나? 그렇다면 여덟 코 더 늘려야 신을 때 안 힘들어"

라고 말씀하셨다.

나는 어린 시절, 아무리 가르쳐 줘도 전혀 잘 뜨지 못했는데, 그때처럼 허둥댔고, 부끄러웠고, 그리웠다. 아아 이제 이렇게 어머니가 가르쳐 주는 일도, 이걸로 끝이구나, 라고 생각하니, 그만 눈물이 앞을 가려 그물코가 보이지 않게 되었다.

어머니는 이렇게 주무시고 계시면, 전혀 괴로워 보이지 않았다. 식사는 아침부터 전혀 아무것도 못 드시고, 가제에 차를 적셔 때때로 입을 축여 드릴 뿐이었다. 그러나 의식은 분명하여 가끔 내게 온화하게 말을 걸었다.

"신문에 폐하의 사진이 실렸던 것 같은데, 다시 한번 보여줘."

나는 신문의 그 부분을 어머니의 얼굴 위로 가져갔다.

"늙으셨어."

"아니야, 이건 사진이 잘못 나온 거야. 요전 사진은 매우 젊

147

고 즐거운 표정이었어. 오히려 이런 시대를 기뻐하고 계신 거야."

"왜?"

"왜냐면, 폐하도 이번에 해방되셨으니까."

어머니는 쓸쓸하게 웃으셨다. 그리고 잠시 후에,

"울고 싶어도, 이제, 눈물이 나오지 않게 된 거야"

라고 말씀하셨다.

나는, 어머니가 지금 행복한 것이 아닐까, 하고 문득 생각했다. 행복감이라는 것은, 비애의 강바닥에 잠겨 희미하게 빛나는 사금 같은 것이 아닐까. 슬픔의 한계를 지나, 신비하고 희미한 빛 같은 기분, 그것이 행복감이라는 것이라면, 폐하도 어머니도 그리고 나도 분명 지금, 행복하다. 조용한 가을날 오전. 햇살 부드러운 가을날의 정원. 나는 뜨개질을 멈추고, 가슴 높이에서 빛나는 바다를 바라보며

"어머니, 난 지금까지 세상을 너무 몰랐어"

라고 말했다. 그리고 더 말하고 싶은 것이 있었지만, 객실 구석에서 정맥주사를 놓을 준비를 하고 있는 간호사가 듣는 것이 부끄러워서, 입을 다물었다.

"지금까지라니……"

라고 어머니는 희미하게 웃으며 따져 물었다.

"그럼, 지금은 세상을 아니?"

나는 왠지 얼굴이 새빨개졌다.

"세상은, 알 수 없어"

라고 어머니는 얼굴을 맞은편으로 돌리고, 혼잣말처럼 작은 소리로 말씀하셨다.

"나는 모르겠어. 알고 있는 사람은 없지 않을까? 아무리 시간이 흘러도, 모두 어린아이야. 아무것도 알 리가 없어."

하지만 나는 살아가야만 한다. 어린아이일지도 모르지만, 그러나 어리광만 부리고 있을 수는 없게 되었다. 나는 앞으로 세상과 싸워 나가야만 한다. 아아, 어머니처럼 다른 사람과 다투지 않고, 미워하지 않고 원망하지 않고, 아름답고 슬프게 생애를 마칠 수 있는 사람은 이제 어머니가 마지막으로, 앞으로의 세상에는 존재할 수 없지 않을까. 죽어가는 사람은 아름답다. 살아가는 것. 살아남는 것. 그것은 몹시 꼴사납고, 피 냄새가 나며 추접한 것 같은 느낌도 든다. 나는 임신하여, 구멍을 파는 뱀의 모습을 다다미 위에 그려보았다. 그러나 나에게는 포기할 수 없는 것이 있다. 비참해도 좋다. 나는 살아남아, 생각한 것을 이루기 위해 세상과 싸워 가야지. 어머니가 마침내 돌아가실 것이 결정되자, 나의 로맨티시즘과 감상은 서서히 사라져, 뭔가 자신이 방심할 수 없는 교활한 생물로 변해

149

갈 것 같은 기분이 들었다.

그날 점심때가 지나, 내가 어머니 곁에서 입을 적셔 드리고 있을 때, 문 앞에 자동차가 멈췄다. 와다 숙부님이 숙모님과 함께 도쿄에서 자동차로 달려와 주신 것이다. 숙부님이 병실로 들어와, 어머니 머리맡에 말없이 앉으시니, 어머니는 손수건으로 얼굴의 아랫부분을 가리고, 숙부님의 얼굴을 응시한 채, 우셨다.

"나오지는 어디?"

라고 잠시 후 어머니는 내 쪽을 보고 말씀하셨다.

나는 2층으로 가서 서양식 방 소파에 누워서 신간 잡지를 읽고 있는 나오지에게

"어머니가 부르셔"

라고 말하니,

"와, 또 비극적인 장면이야. 그대들은 잘도 참으며 거기서 버티고 있네. 신경이 무디군. 박정해. 난 너무도 괴로워. 몹시 마음은 뜨겁지만 육체가 연약하여, 도저히 엄마 옆에 있을 기력이 없어"

라고 말하면서 웃옷을 입고, 나와 함께 2층에서 내려왔다.

둘이 나란히 어머니 머리맡에 앉자, 어머니는 갑자기 이불 밑에서 손을 내밀어 말없이 나오지를 가리키고, 그리고 나를

가리키고. 그러고 나서 숙부님 쪽으로 얼굴을 돌리시더니, 양
손바닥을 딱 붙여 합장하셨다.

숙부님은 크게 고개를 끄덕이며

"아아, 알았어요. 알았어"

라고 말씀하셨다.

어머니는 안심하신 듯 눈을 가볍게 감고, 손을 이불 속으
로 살짝 넣으셨다.

나도 울고, 나오지도 고개를 숙이고 오열했다.

그때 미야케 노의사 선생님이 나가오카에서 오셔서, 일단
주사를 놓으셨다. 어머니도 숙부님과 만나서, 이제 여한이 없
다고 생각하셨는지,

"선생님, 빨리 편안하게 해주세요"

라고 말씀하셨다.

노의사 선생님과 숙부님은 얼굴을 마주 보고 가만히 있었
지만, 두 사람의 눈에 눈물이 반짝 빛났다.

나는 일어나 식당에 가서 숙부님이 좋아하는 기츠네 우
동*을 의사 선생님과 나오지와 숙모님 것까지 4인분을 만들
어, 중국풍 거실로 가지고 갔다. 그리고 숙부님이 선물로 사

---

* 달고 짜게 조리한 유부와 잘게 썬 파를 넣은 우동.

오신 마루노우치호텔의 샌드위치를 어머니께 보여드리고,
어머니의 머리맡에 두자

"바쁘지?"

라고 어머니는 작은 목소리로 말씀하셨다.

중국풍 거실에서 모두가 잠시 잡담을 하다가 숙부님과 숙
모님은 무슨 일이 있어도 오늘 밤, 도쿄에 돌아가야 할 일이
있다며, 내게 위로금을 싼 꾸러미를 건넸다. 미야케 선생님도
간호사와 함께 돌아가게 되어, 시중을 드는 간호사에게 여러
가지 치료 방법을 지시했다. 하여간 아직 의식은 분명하고 심
장도 그렇게 나쁘지 않으니, 주사만으로도 아직 4, 5일은 괜
찮다며, 그날 일단 모두가 자동차로 도쿄로 돌아가셨다.

모두를 배웅하고 병실로 가니, 어머니가 나에게만 보이시
는 정다운 듯한 웃음을 지으시며,

"바빴지?"

라고 또 속삭이듯 작은 소리로 말씀하셨다. 그 얼굴은 생
기가 넘쳐, 오히려 빛나는 것처럼 보였다. 숙부님을 만나 기뻤
던 모양이라고 나는 생각했다.

"아니."

나는 조금 들뜬 기분이 들어, 빙긋 웃었다.

그리고 이것이 어머니와의 마지막 대화였다.

그러고 나서 세 시간 정도 후에, 어머니는 돌아가셨다. 가을의 조용한 황혼녘, 간호사가 맥을 짚고, 나오지와 나, 단 두 명의 육친이 지켜보는 가운데, 일본 최후의 귀부인이었던 아름다운 어머니가.

죽은 얼굴은 살아 있을 때와 거의 다르지 않았다. 아버지 때는 갑자기 얼굴색이 변했는데, 어머니의 얼굴색은 조금도 변하지 않고 호흡만이 끊어졌다. 호흡이 끊어진 것도 언제인지 확실치 않을 정도였다. 얼굴의 붓기도 전날쯤부터 빠져서, 뺨이 납처럼 매끌매끌하고, 얇은 입술이 희미하게 일그러져, 웃고 있는 것처럼 보여서 살아 있는 어머니보다 요염했다. 나는 피에타*의 마리아를 닮았다고 생각했다.

* 성모마리아가 예수의 사체를 무릎에 안고 탄식하는 모습을 나타내는 회화 또는 조각.

6

전투, 개시.

언제까지나 슬픔에 잠겨 있을 수 없었다. 나에게는 반드시 싸워야만 하는 것이 있었다. 새로운 윤리. 아니, 그렇게 말하는 것은 위선이다. 사랑. 그것뿐이다. 로자가 새로운 경제학에 의지해야만 했던 것처럼, 나는 지금, 사랑 하나에 의지해야만, 살아갈 수 있다. 예수가 이 세상의 종교가, 도덕가, 학자, 권위자의 위선을 폭로하고, 신의 진정한 애정이라는 것을 조금도 주저하지 않고, 있는 그대로 사람들에게 알리기 위하여 그 열두 제자를 이곳저곳에 파견하실 때, 제자들에게 가르쳐 준 말씀은, 나의 이번 경우와도 전혀 무관계하지 않은 것처럼 여겨졌다.

'전대에 금이나 은이나 동을 가지지 말고, 여행을 위하여 배낭이나 두 벌 옷이나 신이나 지팡이를 가지지 말라.* 보라

내가 너희를 보냄이 양을 이리 가운데로 보냄과 같도다 그러므로 너희는 뱀같이 지혜롭고 비둘기같이 순결하라.* 사람들을 삼가라 그들이 너희를 공회에 넘겨주겠고 그들의 회당에서 채찍질하리라. 또 너희가 나로 말미암아 총독들과 임금들 앞에 끌려가리니 이는 그들과 이방인들에게 증거가 되게 하려 하심이라. 너희를 넘겨줄 때에 어떻게 또는 무엇을 말할까 염려하지 말라. 그때에 너희에게 할 말을 주시리니. 말하는 이는 너희가 아니라 너희 속에서 말씀하시는 이 곧 너희 아버지의 성령이시니라.** 또 너희가 내 이름으로 말미암아 모든 사람에게 미움을 받을 것이나 끝까지 견디는 자는 구원을 얻으리라. 이 동네에서 너희를 박해하거든 저 동네로 피하라 내가 진실로 너희에게 이르노니 이스라엘의 모든 동네를 다 다니지 못하여서 인자가 오리라.***

몸은 죽여도 영혼은 능히 죽이지 못하는 자들을 두려워하지 말고 오직 몸과 영혼을 능히 지옥에 멸하실 수 있는 이를 두려워하라.**** 내가 세상에 화평을 주러 온 줄로 생각하지 말

* 마태복음 10장 9~10절.
** 마태복음 10장 16~20절.
*** 마태복음 10장 22~23절.
**** 마태복음 10장 28절.

라 화평이 아니요 검을 주러 왔노라. 내가 온 것은 사람이 그 아버지와, 딸이 어머니와, 며느리가 시어머니와 불화하게 하려 함이니. 사람의 원수가 자기 집안 식구리라. 아버지나 어머니를 나보다 더 사랑하는 자는 내게 합당하지 아니하고 아들이나 딸을 나보다 더 사랑하는 자도 내게 합당하지 아니하며. 또 자기 십자가를 지고 나를 따르지 않는 자도 내게 합당하지 아니하니라. 자기 목숨을 얻는 자는 잃을 것이요 나를 위하여 자기 목숨을 잃는 자는 얻으리라.*

전투, 개시.

만약 내가 연애 때문에, 예수의 이 가르침을 그대로 반드시 지키겠다고 맹세한다면, 예수님은 꾸짖으실까. 왜 '연애'는 나쁘고 '사랑'은 좋은가, 나는 모르겠다. 같은 것이라는 느낌이 드는데 말이다. 무언지 모를 사랑을 위해, 연애를 위해, 그 슬픔을 위해, 몸과 영혼을 지옥에 멸하실 수 있는 이, 아아, 나는 나야말로, 그런 사람이라고 주장하고 싶다.

숙부님의 도움으로 어머니의 밀장**을 이즈에서 치르고, 정식 장례는 도쿄에서 치른 후 나오지와 나는, 이즈의 산장에서 서로 얼굴을 마주해도 말도 하지 않는, 영문을 알 수 없는 어

---

* 마태복음 10장 34~39절.
** 密葬. 공식적인 장례를 치르기 전에 집안끼리 장례를 치름.

색한 생활을 했다. 나오지는 출판업의 자본금이라며 어머니
의 보석류를 전부 들고 나가, 도쿄에서 술을 마시다 지치면,
이즈의 산장으로 몹시 아픈 사람같이 창백한 얼굴로 비틀비
틀 돌아와 잤다. 어느 날, 젊은 댄서풍의 여자를 데리고 왔는
데, 과연 나오지도 조금은 멋쩍어하기에,

　"오늘, 나, 도쿄에 가도 돼? 친구한테 오래간만에 놀러 가려
고. 이틀이나 사흘, 묵고 올 테니까, 넌 집 보고 있어. 식사는
저분한테 부탁하면 되겠네."

　나오지의 약점을 재빨리 잡아, 말하자면 뱀같이 지혜롭게,
나는 가방에 화장품과 빵 등을 쑤셔 넣고, 그야말로 자연스
럽게, 그 사람을 만나러 상경할 수 있었다.

　도쿄 교외, 쇼센* 오기쿠보荻窪역의 북쪽 출구에서 하차하
여, 거기에서 20분 정도 가면 그 사람이 전쟁 후 이사한 새로
운 집에 도착할 수 있다는 사실을, 나오지로부터 전에 지나가
는 말로 들었던 것이다.

　늦가을 바람이 부는 날이었다. 오기쿠보역에 내릴 무렵에
는 이미 주위가 어둑하여, 나는 지나가는 사람을 붙잡고 그
사람이 사는 번지를 대고는 길을 물은 후, 한 시간 정도 어두

---

* 省線. 민영화 이전에 철도성·운수성이 관리하고 있던 시절에 부르던 철도선 이름.

운 교외의 골목을 헤맸는데, 너무도 불안하여 눈물이 나왔다. 그러는 사이에 자갈길에 깔린 돌에 발이 걸려 게다 끈이 뚝 끊어져서, 어쩌나 하며 그 자리에 서 있는데, 문득 왼쪽 두 채의 나가야* 중 한 채의 집 문패가, 밤눈에도 하얗고 아련하게 떠올랐다. 거기에 우에하라라고 쓰여 있는 것 같아, 한쪽 발은 버선발인 채 그 집의 현관까지 달려가, 더욱 자세히 문패를 보니 분명 우에하라 지로라고 쓰여 있었는데, 집 안은 어두웠다.

어떻게 할까, 라고 다시 순간 꼼짝 않고 서 있다가, 몸을 던지는 기분으로 격자 현관문에 금방 쓰러질 듯 바싹 다가가,

"실례합니다"

라고 말한 후, 두 손끝으로 격자를 쓰다듬으며

"우에하라 씨"

라고 작은 목소리로 속삭여 보았다.

대답은 있었다. 그러나 그것은 여자의 목소리였다.

현관문이 안쪽으로 열리더니 갸름한 얼굴에 고풍스러운 느낌의 나보다 서너 살 나이가 많을 것 같은 여자가 현관의 어둠 속에서 살짝 웃으며,

---

* 長屋. 칸을 막아 여러 가구가 입주할 수 있도록 지은 단층 연립주택.

"누구세요"

라고 묻는 그 말투에는 아무런 악의도 경계도 없었다.

"아니, 저"

하지만 나는 내 이름을 말할 기회를 놓치고 말았다. 이 사람에게만큼은 내 연애도 기묘하게 떳떳하지 못한 느낌이었다. 주뼛주뼛, 거의 비굴하게

"선생님은? 계신가요?"

"네?"

라고 대답하고, 안타까운 듯 내 얼굴을 보더니

"하지만, 갈 곳은, 아마도, ……"

"먼 곳에?"

"아니요"

라고 우습다는 듯 한 손을 입에 대고

"오기쿠보예요. 역 앞의, 시라이시白石라는 오뎅집에 가시면, 아마 있는 곳을 알 수 있을 거예요."

나는 날아갈 듯한 마음으로

"아, 그렇습니까"

"어머, 신발이"

권하는 대로 나는 현관 안으로 들어가 마루에 앉아, 간편한 끈이라고 부르면 좋을까, 게다 끈이 끊어졌을 때 손쉽게

수선할 수 있는 가죽 끈을 받아, 게다를 고쳤다. 그러는 사이에 부인은 촛불을 켜서 현관에 가지고 오더니

"공교롭게도 전구가 두 개나 나갔어요. 요즘 전구도 쓸데없이 비싼 데다가 잘 끊어져서 안 되겠어요. 남편이 있으면 사오라고 할 텐데. 어젯밤도 그젯밤도 돌아오지 않아서, 우리들은 오늘로 사흘째, 무일푼이어서 일찍 잠자리에 들려고요"

등의 말을 진심으로 태평스럽게 웃으며 하셨다. 부인 뒤에는 눈이 크고, 좀처럼 사람을 따를 것 같지 않은 느낌의 열두세 살쯤 된 호리호리한 여자아이가 서 있었다.

적. 나는 그렇게 생각하지 않지만, 그러나 이 부인과 아이는, 언젠가 나를 적이라고 여기고 미워할 것이 분명하다. 그것을 생각하면, 내 사랑도 일시에 식어 버리는 느낌이 들어, 게다 끈을 갈아 끼우고, 일어서서 탁탁 양손의 먼지를 털면서, 쓸쓸함이 맹렬하게 내 주위에 밀려오는 느낌을 참지 못하고, 방으로 뛰어 들어가 어두운 방 안에서 부인의 손을 잡고 울어 버릴까 하고, 흔들흔들 심하게 동요했지만, 문득, 그 후 자신의 뻔뻔스럽고 형언할 수 없는 기분 나쁜 모습을 생각하니 싫어져서,

"감사합니다"

라고, 지나치게 공손한 인사를 하고 밖으로 나와 늦가을

바람을 맞았다. 전투, 개시. 사랑한다. 좋아한다. 사모한다. 정말로 사랑한다. 정말 좋아한다. 정말로 사모한다. 사랑하니 어쩔 수가 없다. 좋아하니 어쩔 수가 없다. 사모하니 어쩔 수가 없다. 그 부인은 분명 드물게 좋은 분. 그 따님도 예쁘다. 하지만 나는 신의 심판대에 세워진다 해도, 조금도 꺼림칙하다고 생각하지 않는다. 인간은 사랑과 혁명을 위해 태어난 것이다. 신도 벌할 리가 없다. 나는 눈곱만큼도 나쁘지 않다. 정말로 좋아하니까 거리낌이 없다. 그 사람을 한 번 만날 때까지. 이틀 밤이든 사흘 밤이든 노숙을 해도. 반드시.

역 앞의 시라이시라는 오뎅집은 바로 찾았다. 하지만, 그 사람은 계시지 않았다.

"아사가야阿佐ヶ谷에 있을 거예요. 분명. 아사가야역 북쪽 출구에서 똑바로 가셔서, 그러니까, 약 160미터쯤? 철물점이 있으니까, 거기에서 오른쪽으로 들어가서 약 50미터쯤일까? 야나기야라는 작은 요릿집이 있어요. 선생님은 요즘 야나기야의 오스테 씨와 뜨거운 사이여서, 거기에 틀어박혀 있어요. 못 말린다니까."

역에 가서 차표를 사고, 도쿄행 쇼센을 타고, 아사가야에서 내려, 북쪽 출구 약 160미터, 철물점에서 오른쪽으로 돌아 약 50미터, 야나기야는, 조용했다.

"지금 막 돌아가셨는데, 여러 명이서 이제부터 니시오기西
荻에 있는 치도리라는 가게에 가서 밤새 마실 거라고 말씀하
셨어요."

나보다 젊고 침착하며 품위 있고 친절해 보이는 이 사람이
그 사람과 뜨거운 관계라는 오스테 씨일까.

"치도리? 니시오기의 어디쯤?"

마음이 불안하여 눈물이 날 것 같았다. 나는 지금 정신이
이상해진 것이 아닐까, 라고 문득 생각했다.

"잘 모르겠지만, 니시오기역에서 내리면 남쪽 출구의 왼쪽
으로 들어간 곳이라던가, 하여간 파출소에 물으면 알 수 있지
않을까요. 어차피 일차로는 끝내지 않을 사람으로, 치도리에
가기 전에 또 어딘가에서 한잔 걸치고 있을지도 몰라요."

"치도리에 가 볼게요. 그럼."

다시 되돌아갔다. 아사가야에서 다치가와立川행 쇼센을 타
고, 오기쿠보역, 니시오기쿠보역의 남쪽 출구에서 내려, 늦가
을 바람을 맞으며 헤매다가 파출소를 발견하고, 치도리의 위
치를 물었다. 그리고 가르쳐 준 대로 밤길을 달리듯이 가서,
치도리의 파란 등롱*을 발견하고 주저 없이 격자문을 열었다.

---

* 조명기구. 돌, 나무, 금속 등의 틀에 종이나 천 등을 두르고 그 안에 등불을 넣는다. 나라
  시대에는 사원에서 사용되었지만, 헤이안시대 이후 주택이나 신사에서도 사용되었다.

봉당이 있고, 그리고 바로 옆에 다다미 여섯 장 정도 크기의 방이 있었는데, 담배 연기가 자욱한 가운데 열 명 정도의 사람이 방 안의 커다란 탁자를 에워싸고 와와 하며 몹시 떠들썩한 술판을 벌이고 있었다. 나보다 젊어 보이는 아가씨도 세 명 섞여, 담배를 피우고 술을 마시고 있었다.

나는 봉당에 서서 죽 훑어보다가 발견했다. 그리고 꿈꾸는 것 같은 기분이 들었다. 달랐다. 6년. 완전히, 전혀, 다른 사람이 되어 있었다.

이 사람이 나의 무지개, M·C, 나의 삶의 보람인 그 사람인가. 6년. 쑥처럼 자라서 헝클어진 머리카락은 예전 그대로인데 딱하게도 불그스름한 갈색으로 퇴색했고 숱도 적어져 있었다. 얼굴은 누렇게 붓고, 눈가가 빨갛게 짓물렀으며, 앞니도 빠져 끊임없이 입을 우물거리는 것이 늙은 원숭이 한 마리가 등을 구부리고 방구석에 앉아 있는 느낌이었다.

아가씨 한 명이 나를 보고, 눈짓으로 우에하라 씨에게 내가 온 것을 알렸다. 그 사람은 앉은 채 길고 가느다란 목을 늘려 내 쪽을 보더니, 아무런 표정도 없이, 턱으로 올라오라는 신호를 했다. 좌중은 나에게 아무런 관심도 없다는 듯이, 왁자지껄 계속 떠들었다. 그럼에도 조금씩 자리를 좁혀 우에하라 씨의 바로 오른쪽 옆에 내 자리를 만들어 주었다.

나는 말없이 앉았다. 우에하라 씨는 내 잔에 술을 넘칠 정도로 가득 따라 주고, 자신의 잔에도 술을 따르더니,

"건배"

라고 쉰 목소리로 나지막이 말했다.

두 개의 잔이 힘없이 부딪히자 찬 하는 슬픈 소리가 났다.

기요틴,* 기요틴, 슈루슈루슈, 라고 누가 말하자, 거기에 응해 또 한 사람이, 기요틴, 기요틴, 슈루슈루슈, 하더니, 찬 하고 소리 높여 건배를 하며 원샷을 한다. 기요틴, 기요틴, 슈루슈루슈, 기요틴, 기요틴, 슈루슈루슈라고 여기저기서 그 엉터리 같은 노랫소리가 일고, 빈번하게 잔을 부딪쳐 건배하고 있다. 그런 장난스러운 리듬에 기세를 더하여, 억지로 술을 목에 부어 넣고 있는 모습이었다.

"그럼, 먼저 실례"

라고 말하고, 비틀거리며 돌아가는 사람이 있는가 하면, 또, 새로운 손님이 꾸물꾸물 들어와, 우에하라 씨에게 가볍게 인사를 한 후 좌중에 끼어들었다.

"우에하라 씨, 그 부분 말이죠. 우에하라 씨, 그 부분 있잖아요. 아아아, 하는 부분 말인데요. 그 부분은 어떤 식으로

* '단두대'를 뜻하는 프랑스말.

표현하면 좋을까요? 아, 아아, 아, 인가요? 아아, 아, 인가요?"

라고 몸을 앞으로 내밀고 묻는 사람은, 분명 나도 무대에서 본 적 있는 신극배우 후지타藤田였다.

"아아, 아, 야, 아아, 아, 치도리의 술은, 싸지 않아, 라는 식이지"

라고 우에하라 씨.

"돈 관련 이야기뿐이네."

라고 아가씨.

"참새 두 마리가 1전*이라면, 그건 비싼 건가요? 싼 건가요?"

라고 젊은 신사.

"한 푼이라도 남김없이 다 갚기 전에는,** 이라는 말도 있고, 한 사람에게는 다섯 달란트를, 한 사람에게는 두 달란트를, 한 사람에게는 한 달란트를,*** 이라는 아주 까다로운 비유도 있고, 예수도 계산은 상당히 꼼꼼했어"

라고 다른 신사.

"게다가 녀석은 술꾼이었어. 이상하게 성경에는 술에 대한

* 마태복음 10장 29절. 원문은 '참새 두 마리가 한 앗사리온'.
** 마태복음 5장 26절.
*** 마태복음 25장 15절.

비유가 많다고 생각했는데, 아니나 다를까, 보라, 술을 좋아
하는 사람, 이라고 비난당했다고 성경에 기록되어 있어. 술을
마시는 사람이 아니라, 술을 좋아하는 사람이라고 나와 있는
걸 보면, 상당히 술을 잘 마시는 사람이었을 게 분명해. 아마
도, 한 말은 마실걸"

이라고 또 한 명의 신사.

"그만둬. 그만두라구. 아아, 아 그대들은 도덕이 무서워, 예
수를 이용하려고 하는군. 치에코, 마시자. 기요틴, 기요틴, 슈
루슈루슈"

라고 우에하라. 가장 젊고 예쁜 아가씨와, 찬 하고 세게 잔
을 부딪친 후, 단숨에 들이켜자 술이 입가에서 흘러내려 턱
을 적셨다. 그것을 될 대로 되라는 듯이 난폭하게 손등으로
닦고 나서 커다란 재채기를 다섯 번이고 여섯 번이고 연달아
하셨다.

나는 살그머니 일어나 옆방으로 가서, 아픈 사람처럼 창백
하고 마른 주인아주머니에게, 화장실 어디냐고 물었다. 다시
돌아오는 길에 그 방을 지나는데, 조금 전의 가장 예쁘고 젊
은 치에코인지 하는 아가씨가 나를 기다리고 있었다는 듯한
모양새로 서서

"배, 고프지 않으세요?"

라고 친절하게 웃으며 물었다.

"네, 하지만, 저는, 빵을 가져와서요."

"아무것도 없지만"

아픈 사람처럼 보이는 주인아주머니는 나른한 듯 다리를 옆으로 비스듬히 풀고 앉아 나가히바치*에 기대고 앉은 채 말했다.

"이 방에서 식사를 하세요. 저런 술꾼들 상대를 하고 있다가는, 밤새 아무것도 못 먹어요. 앉으세요, 여기에. 치에코도 같이."

"이봐, 기누, 술이 없어"

라고 옆방에서 신사가 소리쳤다.

"네, 네"

라고 대답하고, 그 기누라는 삼십 전후의 세련된 줄무늬 기모노를 입은 여종업원이 목이 갸름하고 잘쑥한 술병을 쟁반에 열 병 정도 얹어서, 부엌에서 나타났다.

"잠깐."

주인아주머니가 불러 세우더니

"이쪽에도 두 병"

---

* 長火鉢. 직사각형 상자 모양의 나무로 된 화로. 서랍과 물을 끓이는 그릇이 딸려 있으며 거실에 두고 쓴다.

이라고 웃으며 말하고

"그리고 말이지. 기누. 미안하지만. 뒤편 스즈야에 가서 우동 두 개 빨리."

나와 치에코는 나가히바치 옆에 나란히 앉아. 손을 쐬고 있었다.

"이불을 덮으세요. 추워졌어요. 한 잔 하실래요?"

주인아주머니는 자신의 찻잔에 술을 따르고. 다른 두 개의 찻잔에도 술을 따랐다.

그리고 우리들 세 명은 말없이 마셨다.

"여러분. 술이 세네요."

주인아주머니는 왠지 차분한 어조로 말했다.

드르륵 바깥 문 여는 소리가 들리고

"선생님. 가져왔어요"

라는 젊은 남자의 목소리가 들리더니

"하여간. 우리 사장님한테 정말 실망했어요. 2만 엔이라고 끈덕지게 버텨 봤지만. 겨우 1만 엔."

"수표야?"

라는 우에하라 씨의 쉰 목소리.

"아니요. 현금입니다만. 죄송합니다."

"뭐. 됐어. 영수증을 쓰지"

기요틴, 기요틴, 슈루슈루슈, 건배의 노래가 그러는 동안도 좌중에서 끊이지 않고 계속되었다.

"나오지 씨는?"

주인아주머니가 진지한 얼굴로 치에코에게 물었다. 나는 가슴이 철렁했다.

"몰라요. 나오지 씨를 지키는 사람도 아니고"

라고 치에코는 당황하여 얼굴을 가련하게 붉혔다.

"요즘, 뭔가 우에하라 씨와 거북한 일이라도 있었어? 언제나, 반드시 함께였는데."

주인아주머니는 침착하게 말했다.

"댄스가 좋아졌대요. 댄서 여자친구라도 생긴 모양이죠."

"나오지 씨는 술에 또 여자라니, 정말 못 말린다니까."

"선생님이 가르친 거예요."

"하지만 나오지 씨 쪽이 더 나빠. 그 몰락한 도련님은, ……"

"저기"

나는 웃으며 끼어들었다. 잠자코 있어서는, 오히려 이 두 사람에게 실례가 될 것 같았다.

"저, 나오지의 누나예요."

주인아주머니는 깜짝 놀랐는지 내 얼굴을 다시 봤지만, 치

에코는 태연하게,

"얼굴이 많이 닮았어요. 저기 봉당 어두운 곳에 서 계신 걸 보고, 깜짝 놀랐어요. 나오지 씨인가 싶어서."

"그러세요?"

주인아주머니는 어조를 바꿔서

"이런 누추한 곳에, 용케도. 그래서? 저기, 우에하라 씨와는 전부터?"

"네, 6년 전에 만나 뵙고, ……"

말이 막혀, 고개를 숙이자, 눈물이 나올 것 같았다.

"많이 기다리셨죠."

여종업원이 우동을 가지고 왔다.

"드세요. 뜨거울 때"

라고 주인아주머니가 권했다.

"잘 먹겠습니다."

우동의 김에 얼굴을 처박고, 후루룩 후루룩 우동을 먹는, 나는 지금이야말로 살아 있는 것에 대한 쓸쓸함의, 극한을 맛보고 있는 느낌이 들었다.

기요틴, 기요틴, 슈루슈루슈, 기요틴, 기요틴, 슈루슈루슈, 낮게 읊조리면서, 우에하라 씨는 우리들의 방에 들어와, 내 옆에 턱 하니 책상다리를 하고, 말없이 주인아주머니에게 커다란 봉투를 건넸다.

"이걸로 어물어물 넘기려 들면 안 돼요."

주인아주머니는 봉투 안을 보지도 않은 채, 그것을 나가히 바치에 딸린 서랍에 넣고 웃으면서 말했다.

"가지고 올게. 나머지는 내년에."

"그런 말을."

1만 엔. 그만큼 있으면, 전구를 몇 개 살 수 있을까. 나도, 그 정도 있으면, 1년은 편히 지낼 수 있다.

아아, 무언가 이 사람들은 잘못되어 있다. 그러나 이 사람들도 내 사랑의 경우와 마찬가지로, 이렇게라도 하지 않으면, 살아갈 수 없을지도 모른다. 사람은 이 세상에 태어난 이상은, 무슨 일이 있어도 살아내야만 한다면, 이 사람들의 이 살아내기 위한 모습도, 미워해서는 안 되는 것인지도 모른다. 살아 있는 것. 살아 있는 것. 아아, 그것은, 그 얼마나 견딜 수 없고 숨도 곧 끊어질 것 같은 대사업인가.

"하여간 말이지"

라고 옆방의 신사가 말했다.

"앞으로 도쿄에서 생활하려면 말이지, '안뇽'이라는 경박하기 짝이 없는 인사를 태연하게 할 수 있게 되지 않으면, 안 될 거야. 지금의 우리들에게, 중후라느니, 성실이라느니, 그런 미덕을 요구하는 것은 목매 죽은 사람의 다리를 잡아당기는 것과 마찬가지야. 중후? 성실? 풰, 풰다. 살아갈 수가 없잖아. 만약 말이지, '안농'을 가볍게 말할 수 없다면, 남은 건 세 가지 길밖에 없어. 하나는 귀농이고, 하나는 자살, 다른 하나는 기둥서방이 되는 거."

"그 하나도 할 수 없는 가엾은 녀석은, 하다못해 최후의 유일한 수단"

이라고 다른 신사가

"우에하라 지로에게 들러붙어서, 술을 퍼마시는 것."

기요틴, 기요틴, 슈루슈루슈, 기요틴, 기요틴, 슈루슈루슈.

"머물 곳이 없지?"

라고 우에하라 씨는 낮은 목소리로 혼잣말처럼 말씀하셨다.

"저?"

나는 자신에게서 대가리를 쳐든 뱀을 의식했다. 적의. 그것에 가까운 감정으로 나는 자신의 몸을 경직시켰다.

"혼숙할 수 있겠어? 추울 거야."

우에하라 씨는 내 분노를 개의치 않고 중얼거렸다.

"무리일걸요"

라고 주인아주머니가 끼어들었다.

"가엾어요."

쳇, 우에하라 씨는 혀를 차며

"그럼 이런 곳에 오지 않으면 좋았잖아."

나는 잠자코 있었다. 이 사람은 분명 내 편지를 읽었다. 그리고 누구보다 나를 사랑하고 있다, 고 나는 그 사람의 말과 분위기로 재빨리 알아챘다.

"할 수 없지. 후쿠이 씨에게라도, 부탁해 볼까. 치에코, 데려가 주겠어. 아니, 여자뿐이면, 밤길에 위험할까. 성가시군. 마담, 이 사람 신발을 살짝 부엌 쪽에 가져다 놔줘. 내가 바래다 주고 올 테니까."

밖은 밤이 이슥한 듯했다. 바람은 조금 가라앉고, 하늘 가득 별이 빛나고 있었다. 우리는 나란히 걸으면서

"저, 혼숙이든 뭐든, 할 수 있는데."

우에하라 씨는 졸린 듯한 목소리로,

"그래"

라고만 말했다.

"단둘이 있고 싶었지요? 그렇지요?"

내가 그렇게 말하고 웃었더니, 우에하라 씨는

"이래서 싫다니까"

라고 입을 일그러뜨리며, 쓴웃음을 지으셨다. 나는 내가 몹시 귀여움 받고 있다는 것을 뼈저리게 의식했다.

"술을 많이 드시네요. 매일 밤 그런가요?"

"응, 매일. 아침까지."

"맛있어요? 술이."

"맛없어."

그렇게 말한 우에하라 씨의 목소리에, 나는 왠지 한기를 느꼈다.

"일은?"

"별로야. 뭘 써도, 바보 같고, 그냥 뭐, 슬퍼서 견딜 수가 없어. 생명의 황혼. 예술의 황혼. 인류의 황혼. 그것도 거슬리는군."

"위트릴로.*"

나는 거의 무의식적으로 말했다.

"아아, 위트릴로. 아직 살아 있는 모양이야. 알코올의 망령. 시체지. 최근 10년간의 그림은 이상하게 저속해서, 모두 별로야."

"위트릴로뿐만이 아니죠? 다른 마이스터들도 전부, ……"

"그래, 쇠약. 하지만, 새로운 싹도, 싹인 채 쇠약해지고 있어. 서리. 프로스트. 전 세계에 때 아닌 서리가 내린 것 같아."

---

* 위트릴로(1883~1955). 프랑스의 화가. 화단에는 속하지 않고 견실한 필치와 차분한 색채로 파리 시가지 풍경을 선호하여 그렸다.

우에하라 씨가 내 어깨를 가볍게 안아서, 내 몸이 우에하라 씨의 외투 소매에 싸인 듯한 형태가 됐지만, 나는 거부하지 않고, 오히려 딱 붙어서 천천히 걸었다.

　길가 수목의 가지. 나뭇잎 하나 달려 있지 않은 가늘고 날카로운 가지가 밤하늘을 찌르고 있었다.

　"나뭇가지란, 아름다운 거네요."

　라고 나도 모르게 혼잣말처럼 중얼거렸더니,

　"응, 꽃과 새카만 줄기의 조화가."

　라고 조금 당황한 것처럼 말씀하셨다.

　"아니요. 저는, 꽃도 잎도 싹도 아무것도 달려 있지 않은, 이런 줄기가 좋아요. 이래 보여도 확실히 살아 있잖아요."

　"자연만은 쇠약해지지 않는다는 말인가."

　그렇게 말하고, 또 심한 재채기를 몇 번 연달아 하셨다.

　"감기 아니에요?"

　"아니, 아니, 그렇지 않아. 실은 말이지, 이건 내 이상한 버릇인데, 취기가 포화점에 달하면, 즉시 이런 식의 재채기가 나와. 취기의 바로미터 같은 거지."

　"사랑은?"

　"뭐?"

　"누군가 있어요? 포화점 정도까지 간 사람이."

"뭐야, 놀리면 안 돼. 여자는 모두 같아. 복잡해서 싫어. 기 요틴, 기요틴, 슈루슈루슈, 실은, 한 명, 아니 반 명 정도 있어."

"제 편지 보셨어요?"

"봤어."

"답장은?"

"난 귀족은 싫어. 반드시 어딘가 견딜 수 없이 교만한 부분 이 있어. 당신 동생 나오지도 귀족으로서는 상당히 괜찮은 남 자지만, 가끔가다 갑자기 도저히 함께할 수 없는 건방진 구 석을 드러내지. 나는 시골 농사꾼의 자식이라서, 이런 실개천 옆을 지날 때면 반드시, 어린 시절 고향 실개천에서 붕어 낚 던 일이나 송사리 잡던 일이 생각나서 견딜 수 없는 기분이 들어."

어둠 속에서 희미한 소리를 내며 흐르는 실개천을 따라 난 길을 우리들은 걷고 있었다.

"하지만, 너희들 귀족은, 그런 우리들의 감상을 절대로 이 해하지 못할 뿐 아니라, 경멸하지."

"투르게네프*는?"

"녀석은 귀족이야. 그래서 싫어."

"하지만 사냥꾼의 수기, ······"

"응, 그것만은, 좀 괜찮더군."

"그건, 농촌 생활의 감상, ······"

"녀석은 시골 귀족, 이라는 정도에서 타협할까."

"나도 지금은 시골 사람이에요. 밭을 일구고 있죠. 가난한 시골 사람."

"지금도 내가 좋아?"

난폭한 어조였다.

"내 아기를 갖고 싶어?"

나는 대답하지 않았다.

바위가 떨어지는 것 같은 기세로 그 사람의 얼굴이 다가와, 나에게 마구 키스를 했다. 성욕의 냄새가 나는 키스였다. 나는 그것을 받으며, 눈물을 흘렸다. 굴욕적이고 분노에 찬 눈물과 닮은 씁쓸한 눈물이었다. 눈물은 끝없이 눈에서 넘쳐 나와, 흘렀다.

다시 둘이 나란히 걸으며

"실패했군, 반해 버렸어."

---

* 투르게네프(1818~1883). 러시아의 소설가. 단편집 『사냥꾼의 수기』는 농노제에 대한 문학적 항의로 받아들여졌다. 『귀족의 보금자리』 『그 전날 밤』 『아버지와 아들』 등의 장편으로 시대의 변동과 지식인의 정신사를 묘사했다.

그 사람은 이렇게 말하고, 웃었다.

하지만 나는 웃을 수 없었다. 눈살을 찌푸리고 입을 오므렸다.

어쩔 수 없다.

말로 표현하면, 그런 느낌이었다. 나는 내가 게다를 질질 끌며 보기 흉하게 걷고 있다는 것을 깨달았다.

"실패했군."

그 남자는 다시 말했다.

"갈 데까지 가볼까."

"같잖군요."

"요놈."

우에하라 씨는 내 어깨를 툭 하고 주먹으로 치고, 또 커다란 재채기를 하셨다.

후쿠이인지 하는 분 댁 사람들은, 모두가 이미 잠든 것 같았다.

"전보, 전보. 후쿠이 씨, 전보예요"

라고 큰 소리로 외치며, 우에하라 씨는 현관문을 두드렸다.

"우에하라?"

라고 집 안에서 남자 목소리가 들렸다.

"맞네. 왕자와 공주가 하룻밤 숙박을 부탁하려 왔네. 아무

래도 이렇게 추우면 재채기만 나와서, 모처럼의 사랑의 여정
도 코미디가 되어 버려."

현관문이 안에서 열렸다. 쉰이 넘어 보이는, 머리가 벗겨지
고 왜소한 아저씨가 화려한 파자마를 입고, 묘하게 수줍어하
는 웃음 띤 얼굴로 우리를 맞았다.

"부탁해"

라고 우에하라 씨는 한 마디 하고, 망토도 벗지 않고 재빨
리 집 안으로 들어가,

"아틀리에는 추워서 안 돼. 2층을 빌리겠네. 이리 와."

내 손을 잡고 복도를 지나 막다른 곳의 계단을 올라갔다.
어두운 객실로 들어가, 방 한쪽 구석의 스위치를 딸깍 하고
켰다.

"요릿집 방 같아요."

"응. 졸부의 취미지. 저런 서툰 화가에게는 아까워. 악운이
세서 재해도 당하지 않아. 그러니 이용하지 않을 수 없지. 자,
자자고, 자자고."

자기 집처럼 마음대로 벽장을 열더니 이불을 꺼내어 깔고는

"여기서 자도록. 나는 돌아갈 테니. 내일 아침 데리러 오지.
화장실은 계단을 내려가서 바로 오른쪽이야."

쿵쾅쿵쾅 계단에서 굴러떨어질 듯이 시끄럽게 아래로 내

려간 다음, 잠잠해졌다.

나는 다시 스위치를 돌려 전등을 끄고, 아버지가 외국에서 선물로 사 온 천으로 만든 벨벳 코트를 벗고, 허리띠만 푼 후 옷을 입은 채 잠자리에 들었다. 피곤한 데다가 술을 마신 탓인지 몸이 나른해서, 즉시 잠이 들었다.

어느 틈에 그 사람이 내 옆에서 자고 계셨는데, …… 나는 한 시간 가까이 필사적으로 무언의 저항을 했다.

문득 가엾어져서, 포기했다.

"이렇게 하지 않으면 안심할 수 없는 거죠?"

"뭐, 그런 셈이지."

"당신, 건강이 나쁜 거 아니에요? 각혈하셨죠."

"어떻게 알았어? 실은 얼마 전에 상당히 심하게 했는데, 누구에게도 알리지 않았어."

"어머니가 돌아가시기 전과 같은 냄새가 나요."

"죽을 생각으로 마시고 있어. 살아 있는 것이 슬퍼서 견딜 수가 없거든. 외롭다거나, 쓸쓸하다거나, 하는 그런 여유로운 것이 아니라, 슬퍼. 음울한 탄식의 한숨이 사방의 벽에서 들려올 때, 우리들만의 행복이 있을 리가 없잖아. 자신의 행복도 영광도 살아 있는 동안에는 결코 없다는 걸 알았을 때, 사람은 어떤 기분이 들까. 그런 건, 그저, 굶주린 야수의 먹잇감이 될 뿐이야. 비참한 사람이 너무 많아. 이것도 거슬리나."

"아니요."

"사랑뿐이군. 당신이 편지에서 주장한 대로야."

"그래요."

내 그 사랑은 사라졌다.

날이 밝았다.

방이 어슴푸레 밝아오고, 나는 옆에서 자고 있는 그 사람의 자는 얼굴을 주의 깊게 바라보았다. 얼마 안 있어 죽을 사람의 얼굴을 하고 있었다. 피곤에 절은 얼굴이었다.

희생자의 얼굴. 고귀한 희생자.

내 사람. 내 무지개. 마이 차일드. 미운 사람. 교활한 사람.

이 세상에 다시없을 정도로, 너무 너무 아름다운 얼굴처럼 여겨져. 사랑이 새롭게 되살아난 것 같아 가슴이 두근거렸다. 나는 그 사람의 머리를 쓰다듬으며, 키스를 했다.

슬프고 슬픈 사랑의 성취.

우에하라 씨는 눈을 감고 나를 안더니,

"토라졌던 거야. 나는 농사꾼의 자식이니까."

이제 이 사람에게서 떨어지지 말아야지.

"전 지금 행복해요. 사방의 벽에서 탄식하는 소리가 들려와도, 내 지금의 행복감은, 포화점이에요. 재채기가 나올 정도로 행복해요."

우에하라 씨는 후후, 하고 웃더니

"하지만, 너무 늦었어. 황혼이야."

"아침이에요."

남동생 나오지는, 그날 아침에 자살했다.

7

나오지의 유서.

누나.

안 되겠어. 먼저 갈게.

나는 내가 왜 살아야만 하는지 그걸 전혀 모르겠습니다.

살고 싶은 사람만 살면 됩니다.

인간에게는 살 권리가 있음과 동시에, 죽을 권리도 있을 거예요.

제 이런 생각은 조금도 새로운 것도 뭣도 아닌, 이런 당연한 그야말로 프리미티브*한 것을 사람들은 이상하게 무서워하며, 노골적으로 말하지 않을 뿐입니다.

* primitive. 원시적인.

살고 싶은 사람은 무슨 일이 있어도 반드시 강하게 살아 나가야 해요. 그것은 멋진 일이고, 인간의 영예라고 할 수 있는 것도 분명 거기에 있을 겁니다. 그러나 죽는 것도 죄가 아니라고 생각합니다.

저는, 저라는 풀은 이 세상 공기와 햇빛 속에서 살기 어렵습니다. 살아가는 데, 뭔가 하나 빠져 있습니다. 부족합니다. 지금까지 살아온 것도, 이래 보여도, 있는 힘을 다한 것이었습니다. 저는 고등학교에 입학하여 내가 자라 온 계급과 전혀 다른 계급에서 자라 온 강하고 다부진 풀인 친구와 처음으로 교제하고, 그 기세에 눌려, 지지 않으려는 생각으로, 마약을 하고 반미치광이가 되어 저항했습니다. 그 후 군인이 되었는데, 역시 그곳에서도 살아갈 최후의 수단으로 아편을 사용했습니다. 누나는 저의 이런 기분, 모르겠지요.

저는 상스러워지고 싶었습니다. 강해지고, 아니 억세고 난폭해지고 싶었습니다. 그리고 그것이 소위 민중의 친구가 될 수 있는 유일한 길이라고 생각했습니다. 술 정도로는 불가능했습니다. 언제나 어질어질 현기증이 나야만 했습니다. 그러기 위해서는 마약 이외에는 없었습니다. 저는 집을 잊어야만 했습니다. 아버지의 피에 반항해야만 했습니다. 어머니의 상냥함을 거부해야만 했습니다. 누나를 차갑게 대해야만 했습니다. 그렇지 않으면, 그 민중의 방에 들어갈 입장권을 얻을 수 없다고 생각 했습니다.

나는 상스러워졌습니다. 상스러운 말을 쓰게 됐습니다. 하지만 그것의 절반은, 아니 60퍼센트는 가련한 임시방편이었습니다. 서툰 잔꾀였습니다. 민중에게 있어서 저는 역시 같잖고 별스럽 게 새침을 떠는 답답한 남자였습니다. 그들은 저와, 진심으로 마음을 터놓고 놀아 주지 않았습니다. 그러나 다시 새삼스럽 게 버리고 온 상류층 모임으로 돌아갈 수도 없습니다. 지금의 제 상스러움은 비록 60퍼센트는 인공적인 임시방편이지만, 나 머지 40퍼센트는 진짜 상스러움이 되었습니다. 저는 저 소위 상류층 모임의 역겨운 고상함에는 토가 나올 것 같아, 잠시도 참을 수 없게 되었고, 또 그 대단한 분들이나 높으신 분들도 저의 나쁜 품행에 질려서 즉시 쫓아내겠지요. 버린 세상에 돌 아갈 수도 없고, 민중으로부터는 악의에 차고 쓸데없이 정중한 방청석이 주어졌을 뿐입니다.

어느 시대에도 저 같은 소위 생활력이 약한, 결함 있는 풀은 사상이고 뭐고 없이 그냥 저절로 소멸될 뿐인 운명일지도 모 르지만, 그러나 저에게도 조금은 할 말이 있습니다. 도저히 저 는 살기 어렵다는 것을 느끼고 있어요.

인간은, 모두, 같다.

이게 대체 사상일까요? 저는 이 이상한 말을 발명한 사람은, 종교가도 철학자도 예술가도 아니라고 생각합니다. 민중의 술집에서 생겨난 말입니다. 구더기가 끓듯이 언제부턴가, 누가 말을 꺼냈다고 할 것도 없이, 우글우글 솟아 나와 전 세계를 덮고, 세상을 거북한 곳으로 만들었습니다.

이 이상한 말은 민주주의와도, 또 마르크시즘과도 전혀 관계없는 것입니다. 그것은 반드시 술집에서 추남이 미남에게 던지는 말입니다. 그저 조바심입니다. 질투입니다. 사상도 뭣도 아닙니다.

하지만 그 술집의 질투의 성난 목소리가 이상하게 사상 같은 얼굴을 하고 민중 사이를 걸어 다니며, 민주주의와도 마르크시즘과도 전혀 관계없는 말임에도, 언제부턴가 그 정치사상과 경제사상에 달라붙어 기묘하게 비열한 상태로 만들어 버렸습니다. 메피스토*일지라도 이런 터무니없는 발언을, 사상과 바꿔치기하는 일 따위는, 그야말로 양심에 찔려서 주저했을지도 모릅니다.

인간은, 모두, 같다.

이 얼마나 비굴한 말인가. 사람을 멸시함과 동시에 스스로를

---

* 파우스트 전설 및 괴테의 『파우스트』에 등장하는 악마. 파우스트를 유혹하여 부와 권력을 제공하는 대가로 그의 영혼을 산다.

멸시하고, 아무런 프라이드도 없으며, 모든 노력을 포기하게 만드는 말. 마르크시즘은 일하는 자의 우위를 주장한다. 같은 것이다. 같다, 라고는 말하지 않는다. 민주주의는 개인의 존엄을 주장한다. 같다, 라고는 말하지 않는다. 다만 유곽의 호객꾼만이 그렇게 말한다. "헤헤, 아무리 거드름을 피워도, 같은 인간이잖아."

왜, 같다고 하는가. 뛰어나다, 라고는 말할 수 없는 것인가. 노예근성의 복수.

하지만 이 말은, 참으로 외설적이고 섬뜩하여, 사람은 서로 두려워하고, 모든 사상은 범해지고, 노력은 조소당하고, 행복은 부정되고, 미모는 더럽혀지고, 영광은 끌어내려지고, 소위 '세기의 불안'은, 이 이상한 한 마디 말에서 나온다고 저는 생각합니다.

불쾌한 말이라고 생각하면서, 저도 역시 이 말에 협박당하여 두려워 떨고, 무엇을 하려 해도 멋쩍고, 끊임없이 불안하고, 가슴이 두근두근하여 몸 둘 곳이 없고, 차라리 술과 마약에 취해, 잠시 동안의 안정을 얻고자 했지만, 엉망이 되었습니다.

약한 것이겠지요. 어딘가 하나 중대한 결함이 있는 풀인 것이죠. 또 뭔가 그런 같잖은 핑계를 늘어놓아 봤자, 뭐야, 원래 놀기 좋아하잖아, 게으름뱅이에 호색가에 제멋대로인 방탕아야,

라고 예의 호객꾼이 코웃음 치며 말할지도 모릅니다. 그리고 저는 그런 말을 들어도 지금까지는 그저 부끄러워 애매하게 수긍했지만, 그러나, 저도 죽음을 앞두고 한 마디, 항의 비슷한 말을 하고 싶습니다.

누나.

믿어 주세요.

저는 놀아도 조금도 즐겁지 않았습니다. 쾌락의 임포텐츠*인지 도 모릅니다. 저는 그저, 귀족이라는 자신의 그림자에서 벗어 나고 싶어서 이상해졌고, 놀았고, 거칠어졌습니다.

누나.

대체 우리에게 죄가 있나요? 귀족으로 태어난 것이 우리의 죄 인가요. 단지 그 집에 태어났다는 이유로, 우리는, 영원히, 예 를 들면 유다의 집안 사람들처럼, 미안해하고, 사죄하고, 부끄 러워하며 살아가야만 합니다.

저는 더 빨리 죽어야만 했습니다. 그러나 단 하나, 엄마의 애 정. 그걸 생각하면, 죽을 수 없었습니다. 인간은 자유롭게 살 권리를 가지고 있는 것과 마찬가지로, 언제든 마음대로 죽을 수 있는 권리도 가지고 있지만, 그러나 '어머니'가 살아 있는

---

* Impotenz. '발기불능'을 뜻하는 독일말.

동안은, 그 죽음의 권리는 보류해야만 한다고 저는 생각했습니다. 그것은 동시에, '어머니'를 죽이는 것이 되니까요.

이제 제가 죽어도 몸이 상할 정도로 슬퍼할 사람도 없고, 아니, 누나, 저는 알고 있어요. 저를 잃은 당신들의 슬픔이 어느 정도인지, 아니, 허식의 감상은 그만두죠. 당신들은 내 죽음을 알면 분명 울겠지만, 그러나 제가 살아 있는 괴로움과 그리고 그 싫은 삶에서 완전히 해방되는 제 기쁨을 생각해 주시면, 당신들의 그 슬픔은 점차 사라져 갈 것입니다.

제 자살을 비난하며, 어디까지나 살아남아야 한다, 고 저에게 어떤 도움도 주지 않고, 입으로만 잘난 체하며 비판하는 사람은, 폐하께 과일 가게를 여시라고 태연하게 권할 수 있을 정도로 분명 대단한 사람일 겁니다.

누나.

저는 죽는 편이 낫습니다. 저에게는 흔히 말하는 생활 능력이 없습니다. 돈 때문에 다른 사람과 다툴 힘이 없습니다. 저는 다른 사람에게 얻어먹지도 못합니다. 우에하라 씨와 놀아도 제 몫은 언제나 제가 지불했습니다. 우에하라 씨는 그것을 귀족의 쩨쩨한 프라이드라며 몹시 싫어했지만, 저는 프라이드 때문에 지불한 것이 아니라, 우에하라 씨가 일해서 번 돈으로, 제가 하찮게 먹고 마시고 여자를 사는 등의 짓은 무서워서 도저히 할 수 없었습니다. 우에하라 씨의 일을 존경했기 때문에, 라고 간단히 잘라 말해도 거짓말이고, 저도 사실은 확실히 모릅니다. 다만, 다른 사람에게 대접받는 것이 어쩐지 두려운 것입니다. 특히 그 사람이 애써 번 돈으로 대접받는 것은 괴롭고 미안해서 견딜 수 없는 것입니다.

그래서 그냥 우리 집에서 돈과 물건을 들고 나가, 엄마와 당신을 슬프게 하고, 저 자신도 조금도 즐겁지 않았습니다. 출판업 등을 계획한 것도 그저 멋쩍음을 감추기 위한 것으로 실은 전혀 진심이 아니었습니다. 진심으로 해봤자 다른 사람의 대접조차 받지 못하는 남자가 돈을 버는 일 따위 전혀 할 수 없다는 것은, 아무리 제가 어리석어도 그 정도는 알고 있었습니다.

누나.

우리는 가난해졌습니다. 살아 있는 동안은 다른 사람을 대접하고 싶었는데, 이제 다른 사람에게 대접받지 않으면 살아갈 수 없게 되었습니다.

누나.

이 이상, 저는 왜 살아야만 하는 건가요? 이제, 끝났습니다. 저는 죽습니다. 편하게 죽을 수 있는 약이 있습니다. 군인이었을 때, 입수해 두었습니다.

누나는 아름답고(저는 아름다운 어머니와 누나를 자랑스럽게 생각했습니다) 그리고 현명하니까, 저는 누나에 대해서는 아무 걱정도 하지 않겠습니다. 걱정할 자격조차 저에게는 없습니다. 도둑이 피해자의 신상을 염려하는 격이어서 얼굴이 붉어질 뿐입니다. 분명 누나는 결혼하셔서, 아이를 낳고, 남편에게 의지해서 살아가지 않을까 하고 저는 생각합니다.

누나.

저에게, 한 가지, 비밀이 있습니다.

오랫동안 마음속에 간직한 채, 전장에 있어도 그 사람 생각에 골몰하고, 그 사람의 꿈을 꾸다가 잠에서 깨어 울상을 지은 적이 몇 번인지 모릅니다.

그 사람의 이름은 도저히 누구에게도 무슨 일이 있어도 말할 수 없습니다. 저는 지금 죽으니까, 하다못해 누나에게만이라도 분명히 말해 둬야겠다고 생각했지만, 역시, 도저히 무서워서, 그 이름을 말할 수 없습니다.

하지만 저는 그 비밀을 절대 비밀인 채로 결국 이 세상에서 누구에게도 털어놓지 않고 가슴속에 간직하고 죽는다면, 내 몸이 화장되어도 가슴속만 비릿하게 타지 않고 남을 것 같아 불안해서 견딜 수 없기에, 누나에게만 에둘러서 어렴풋이 픽션처럼 알려 드리겠습니다.

픽션, 이라고 해도 그러나 누나는 분명 바로 그 상대가 누구인지, 알아차릴 겁니다. 픽션이라기보다는 단지 가명을 사용하는 정도의 속임수니까요.

누나는, 알고 계실까?

누나는 그 사람을 알겠지만, 아마도, 만난 적은 없을 겁니다. 그 사람은 누나보다 조금 나이가 많습니다. 쌍꺼풀 없는 눈에 눈꼬리가 치켜 올라갔고, 머리에 파마를 한 적 없이 언제나 머리를 단단히 뒤로 잡아당겨 묶었다고 해야 할까요. 그런 수수한 헤어스타일에, 몹시 가난한 옷차림이지만 단정하지 못한 차림도 아니고 언제나 깔끔하게 차려입으며 청결합니다. 그 사람은 전후 새로운 터치의 그림을 차례차례 발표하여 갑자기 유명해진 어느 중년 서양화가의 아내로, 그 서양화가의 행동은 몹시 난폭하고 거친데, 그 부인은 아무렇지도 않은 체하며, 언제나 상냥하게 미소 지으며 지냅니다.

제가 일어나서,

"그럼 가보겠습니다."

그 사람도 일어나, 어떤 경계도 없이 내 옆으로 걸어와, 내 얼굴을 올려다보며,

"왜요?"

라고 평범한 목소리로 말하고, 정말로 의심스럽다는 듯이 조금 고개를 갸웃하더니 한참 동안 내 눈을 계속 바라보았습니

다. 그 사람 눈에는 아무런 사악한 마음도 허식도 없었습니다.

저는 여자와 시선이 마주치면 허둥거리며 시선을 돌리는 성격

인데, 그때만은 조금도 수줍음을 느끼지 못한 채, 두 사람의 얼

굴이 30센티미터 정도의 간격을 두고, 60초 이상이나 몹시 기

분 좋게, 그 사람의 눈동자를 바라보다가, 그만 웃어 버리며

"하지만, ……"

"곧 돌아오실 거예요."

라고 역시 진지한 얼굴로 말했습니다.

정직, 이란 이런 느낌의 표정을 말하는 것이 아닐까, 라고 문득

생각했습니다. 그것은 도덕 교과서처럼 엄숙한 덕이 아니라,

정직이라는 말로 표현된 본래의 덕은, 이런 귀여운 것이 아니었

을까, 라고 생각했습니다.

"다시 오겠습니다."

"그래요."

처음부터 끝까지 모두 별것 아닌 대화입니다. 내가 어느 여름

날 오후, 그 서양화가의 아파트를 찾아갔는데, 서양화가가 부

재중이었다. 하지만, 곧 돌아올 테니, 들어와서 기다리는 게 어

때요? 라는 부인의 말에 따라, 방에 들어가 30분 정도 잡지 등

을 읽었지만, 돌아올 것 같지 않았기 때문에, 일어서서, 돌아왔

다. 그뿐이지만, 저는, 그날 그때, 그 사람의 눈동자에, 괴로운

사랑을 해버린 것입니다.

고귀, 라고 하면 좋을까요. 제 주위의 귀족 중에는, 엄마는 제외하고, 그런 경계함 없는 '정직'한 눈의 표정을 지을 수 있는 사람은, 한 사람도 없었다는 것만은 단언할 수 있습니다.

그리고 저는 어느 겨울 저녁, 그 사람의 옆모습에 감동한 적이 있습니다. 마찬가지로 그 서양화가의 아파트에서, 서양화가를 상대로 고타츠에 들어가 아침부터 술을 마시고, 서양화가와 함께 일본의 소위 문화인들을 험담을 늘어놓으며 자지러지게 웃다가, 얼마 안 있어 서양화가는 쓰러져서 심하게 코를 골며 잠들고, 저도 누워서 옅은 잠을 자고 있는데, 살짝 이불을 덮어 주기에, 실눈을 뜨고 봤더니, 도쿄의 겨울 저녁 하늘은 물빛으로 맑고, 부인은 따님을 안고 아파트의 창가에 아무 일도 없다는 듯이 앉아 있는데, 부인의 단정한 옆모습이 물빛의 먼 저녁 하늘을 배경으로 저 르네상스 무렵의 옆모습 그림처럼 윤곽이 선명하게 드러났습니다. 저에게 살짝 이불을 덮어 주신 친절은, 그것은 아무런 성적 매력도 아니고, 정욕도 아닌, 아아, 휴머니티라는 말은 이런 때에 사용되어, 소생하는 말이 아닐까요. 인간의 당연하고 조용한 배려로서 거의 무의식적으로 하신 듯, 그림과 같이 조용하게, 먼 곳을 바라보고 계셨습니다.

저는 눈을 감았습니다. 그리워 애가 타서 미칠 것 같은 기분이 들어, 눈꺼풀 뒤에서 눈물이 솟아 나와, 이불을 머리에 뒤집어 썼습니다.

누나.

저는 그 서양화가의 집에 놀러 간 것은, 처음에는 그 서양화가 작품의 특이한 터치와 그 안에 숨겨진 열광적인 패션*에 취한 탓도 있습니다. 그러나 교제가 깊어짐에 따라 그 사람의 교양 없음, 맥락 없는 언동, 추접함에 흥이 식었지만, 그것과 반비례하여 그 사람 부인의 아름다운 마음에 끌려, 아니, 바른 애정을 가진 사람이 그리워서, 마음이 끌려서, 부인의 모습을 한 번 보고 싶어서, 그 서양화가의 집에 놀러 가게 되었습니다.

그 서양화가의 작품에, 조금이라도 예술의 고귀한 향기, 라는 것이 나타나 있다면, 그것은 부인의 아름다운 마음의 반영이 아닐까라고조차, 저는 지금 생각합니다.

그 서양화가는 저는 지금이야말로, 느낀 그대로를 분명히 말하는데, 그저 술고래에 노는 것 좋아하는 교묘한 장사꾼입니다. 놀 돈이 필요해서, 그저 엉터리로 캔버스에 물감을 덕지덕지 발라, 유행의 기세를 타서, 거드름을 피우며 비싸게 팔고 있

---

* passion. 열정, 격정.

는 것입니다. 그 사람이 가지고 있는 것은 촌놈의 뻔뻔스러움, 어리석은 자신감, 교활한 상술, 그뿐입니다.

아마도 그 사람은, 다른 사람의 그림은, 외국인의 그림이든 일본인의 그림이든, 아무것도 모를 겁니다. 게다가, 자신이 그린 그림조차도, 무슨 그림인지 자신도 모를 겁니다. 단지 유흥을 위한 돈을 위해, 정신없이 물감을 캔버스에 덕지덕지 칠하고 있을 뿐입니다.

그리고 더욱 놀랄 만한 일은 그 사람은 자신의 그런 맥락 없는 행동에, 어떤 의문도 수치도 공포도 갖고 있지 않은 듯하다는 것입니다.

그저 득의양양한 것입니다. 어쨌거나 자신이 그린 그림조차 모르는 사람이므로, 다른 사람의 그림의 좋은 점을 알 리가 없습니다. 그저, 헐뜯기만 할 뿐.

즉, 그 사람의 데카당 생활은 입으로는 이러쿵저러쿵 힘들다고 하지만, 실은 어리석은 촌놈이 전부터 동경하던 도쿄로 올라와, 그 자신도 의외일 정도의 성공을 했기에 기뻐서 어쩔 줄 몰라 하며 놀러 다닐 뿐인 것입니다.

언젠가 제가,

"친구가 모두 게으름 피우며 놀고 있을 때, 저 혼자만 공부하는 것은, 부끄럽고, 두려워서 도저히 그럴 수가 없어요. 전혀 놀고 싶지 않지만, 저도 끼어서 놀아요"

라고 말했더니, 그 중년의 서양화가는

"뭐? 그게 귀족 기질이라는 건가, 역겹군. 나는, 다른 사람이 놀고 있는 것을 보면 나도 놀지 않으면 손해다, 라고 생각하며 실컷 놀아"

라고 대답하고 태연했지만, 나는 그때, 그 서양화가를 진심으로 경멸했습니다. 이 사람의 방탕함에는 고뇌가 없다. 오히려 바보같이 노는 것을 자랑하고 있다. 진정으로 어리석은 방탕아.

하지만 이 서양화가의 험담을 이 이상 여러 가지 늘어놓아도, 누나에게는 관계없는 일이고, 또 나도 지금 죽기에 앞서, 역시 그 사람과의 오랜 교제를 생각하면, 그립고, 다시 한 번 만나 놀고 싶은 충동조차 느낍니다. 얄미운 마음은 조금도 없습니다. 그 사람도 외로움을 잘 타는, 몹시 좋은 점을 많이 가지고 있는 사람이니까, 이제 아무 말도 않겠습니다.

다만, 누나는, 제가 그 사람의 부인을 깊이 사모하여, 방황하고 괴로워했다는 것만을 알아주시면 됩니다. 때문에 누나는 그 사실을 알아도, 특별히 누군가에게 그 일을 호소하여, 남동생의 생전의 생각을 이루어 주겠다는, 그런 쓸데없는 참견은 하실 필요가 없습니다. 누나 혼자만 알고, 살짝, 아아, 그렇구나, 라고 생각해 주시면 그걸로 족합니다. 조금 더 욕심을 낸다면,

이런 저의 부끄러운 고백에 의해, 하다못해 누나만이라도, 저의 지금까지의 생명의 괴로움을, 더 깊이 알아주신다면, 저는 몹시 기쁠 겁니다.

저는 언젠가 부인과 손을 맞잡은 꿈을 꾸었습니다. 그리고 부인도 역시 전부터 계속 저를 좋아했다는 사실을 알고, 꿈에서 깨서도, 제 손바닥에 부인 손가락의 온기가 남아 있었습니다. 저는 이제 이것만으로 만족하고, 단념해야 한다고 생각했습니다. 도덕이 무서웠던 것이 아니라, 저는 그 반미치광이의, 아니, 거의 미치광이라고 해도 좋을 그 서양화가가 무서워서 견딜 수 없었습니다. 단념할 생각으로, 가슴의 불을 다른 쪽으로 돌리기 위해, 닥치는 대로, 그 대단한 서양화가도 어느 밤 눈살을 찌푸릴 정도로 심하게, 미친 듯이 계집질을 했습니다. 어떻게 해서든, 부인의 환상에서 벗어나서, 다 잊고, 아무렇지 않게 되고 싶었습니다. 하지만, 그러지 못했습니다. 저는 결국, 한 여자밖에는 사랑할 수 없는 성격의 남자였던 것입니다. 저는, 분명히 말할 수 있습니다. 저는 부인 외에 다른 여자친구를 한 번이라도 아름답다거나 애처롭다고 느낀 적이 없습니다.

누나.

죽기 전에, 단 한 번만 쓰게 해주세요.

……스가코.

그 부인의 이름입니다.

제가 어제 전혀 좋아하지 않는 댄서(이 여자는 본질적으로 멍청한 구석이 있습니다)를 데리고 산장에 온 것은, 아무리 그렇더라도 오늘 아침에 죽으려고 온 것은 아니었습니다. 언젠가 가까운 시일 안에 반드시 죽을 생각이었습니다. 어제 여자를 데리고 산장에 온 것은 여자가 여행을 가자고 졸랐고, 저도 도쿄에서 노는 데 지쳐, 이 멍청한 여자와 2, 3일 산장에서 쉬는 것도 나쁘지 않겠다고 생각해서, 누나에게는 조금 미안했지만, 하여간 여기에 함께 와보니, 누나는 도쿄의 친구에게 간다고 했습니다. 그때 문득 저는 죽는다면 지금이다, 라고 생각했습니다. 저는 예전부터 니시가타초의 그 집 안쪽 객실에서 죽고 싶다고 생각했습니다. 길이나 들에서 죽으면 구경꾼들이 시체를 들쑤실 테니, 무슨 일이 있어도 싫었습니다. 하지만, 니시가타초의 그 집은 다른 사람 손에 넘어가고 지금에 와서는 역시 이 산장에서 죽는 것 외에는 방법이 없다고 생각했습니다. 하지만, 저의 자살을 최초에 발견하는 사람이 누나이고, 그리고 누나는 그때 얼마나 놀라고 공포스러울까라고 생각하면, 누나와 단둘이 있는 밤에 자살은 마음이 무거워, 도저히 할 수 없을 것 같았습니다.

그런데, 이 얼마나 좋은 찬스. 누나가 없고, 그 대신, 대단히 멍청한 댄서가 제 자살의 발견자가 되어 준다니.

어젯밤, 둘이서 술을 마시고 그 여자를 2층 서양식 방에서 자게 하고, 저 혼자 엄마가 돌아가신 아래층 객실에 이불을 깔고, 이 비참한 수기를 쓰기 시작했습니다.

누나.

저에게는 희망의 지반이 없습니다. 안녕.

결국 저의 죽음은 자연사입니다. 사람은 사상만으로는 죽을 수 없으니까요.

그리고 하나, 몹시 쑥스러운 부탁이 있습니다. 엄마의 유품인 삼베 옷. 그걸 관에 넣어 주세요. 저는, 입고 싶었습니다.

날이 밝아 오네요. 오랫동안 수고를 끼쳤습니다.

안녕.

간밤의 취기는 완전히 가셨습니다. 저는 말짱한 정신으로 죽습니다.

다시 한 번, 안녕.

누나.

저는, 귀족입니다.

8

꿈.

모두가, 나를 떠나간다.

나오지가 죽고 난 후 뒤처리를 하고, 한 달 동안, 나는 겨울 산장에서 혼자 살았다.

그리고 나는 그 사람에게 아마도 이것으로 마지막이 될 편지를, 물과 같은 기분으로 써 보냈다.

아무래도 당신도, 저를 버리신 것 같군요. 아니, 점점 잊으시는 것 같네요.

하지만, 저는, 행복해요. 저의 바람대로 아기가 생긴 것 같아요. 저는, 지금, 모든 것을 잃은 것 같은 기분이 들지만, 뱃속의 작은 생명이 제 고독한 미소의 씨앗이 되고 있어요.

불결한 실책이라고는, 도저히 생각되지 않아요. 이 세상에 전쟁이다, 평화다, 무역이다, 조합이다, 정치다 하는 것이, 무엇을 위한 것인지, 요즘 저도 점차 알게 됐어요. 당신은 모르시죠. 때문에 언제까지나 불행한 거예요. 그건 말이죠, 가르쳐 드릴게요, 여자가 좋은 아이를 낳기 위해서예요.

저에게는 처음부터 당신의 인격이나 책임 등에 기댈 마음은 없었습니다. 지금까지 제 가슴속은, 숲속의 늪처럼 고요합니다. 저는 이겼다고 생각합니다.

마리아가 비록 남편의 아이가 아닌 아이를 낳아도, 마리아에게 빛나는 자긍심이 있다면, 성모자가 되는 것입니다.

저에게는, 낡은 도덕을 아무렇지 않게 무시하고, 좋은 아이를 얻었다는 만족감이 있습니다.

당신은 그 후에도 역시, 기요틴, 기요틴 하며, 신사들과 아가씨들과 술을 마시고 데카당 생활인가를 계속하고 계시겠지요. 하지만 저는 그것을 그만두세요, 라고는 말씀드리지 못합니다. 그것 또한, 당신의 최후의 전투 형식이니까요.

술을 끊고, 병을 고쳐, 오래 사시면서 훌륭한 일을 하시라는 등의 그런 천연덕스러운 적당한 말은 이제 저는 하고 싶지 않아요. '훌륭한 일'보다도 목숨을 버릴 생각으로, 소위 악덕 생활을 계속하는 편이 후세 사람들에게 오히려 칭송을 받을지도 몰라요.

희생자. 도덕의 과도기의 희생자. 당신도 저도, 분명 그런 사람입니다.

혁명은 대체 어디서 일어나고 있는 것일까요. 적어도, 우리 주위에서는, 낡은 도덕은 역시 그대로, 조금도 변하지 않고 우리의 앞길을 가로막고 있습니다. 해수면의 물결이 아무리 소란스러워도, 그 밑의 해수는 혁명은커녕 꼼짝도 않고, 자는 척하며 누워 있습니다.

하지만 저는 지금까지의 제1회전에서는, 낡은 도덕을 약간이지만 물리쳤다고 생각합니다. 그리고 이번에는 태어나는 아이와 함께 제2회전, 제3회전을 싸울 생각입니다.

사랑하는 사람의 아이를 낳고, 키우는 것이 제 도덕 혁명의 완성입니다.

당신이 저를 잊어도, 또, 당신이 술로 목숨을 잃어도, 저는 제 혁명의 완성을 위해, 건강하게 살아갈 수 있을 것 같습니다.

당신 인격의 형편없음에 대해, 저는 얼마 전에도 어떤 사람으로부터 여러 가지를 들었습니다. 그렇지만 저에게 이런 강인함을 주신 분은 당신입니다. 제 가슴에 혁명의 무지개를 걸어 주신 분은 당신입니다. 살아갈 목표를 주신 분은 당신입니다.

저는 당신을 자랑스럽게 여기고 또 태어날 아이에게도 당신을 자랑스럽게 여기도록 만들겠습니다.

사생아와, 그 엄마.

하지만 우리는 낡은 도덕과 끝까지 싸우며 태양처럼 살아갈 생각입니다.

부디, 당신도 당신의 투쟁을 계속해 주세요.

혁명은, 아직 전혀 일어나지 않았습니다. 아깝고 귀중한 희생이 더욱더 많이 필요한 것 같습니다.

지금의 세상에서 가장 아름다운 것은 희생자입니다.

작은 희생자가 또 한 사람 있습니다.

우에하라 씨.

저는 이제 당신에게 아무것도 부탁할 마음이 없습니다. 하지만, 그 작은 희생자를 위해, 하나만, 양해를 부탁드릴 일이 있습니다.

그것은 태어날 아이를, 단 한 번이라도 좋으니, 당신의 아내가 안아 주셨으면 합니다. 그리고 그때, 저에게 이렇게 말하게 해 주세요.

"이 아이는 나오지가 어떤 여자에게 몰래 낳게 한 아이예요."

왜 그러는지 그것만은 누구에게도 말씀 드릴 수 없어요. 아니, 저 자신도 왜 그러고 싶은지 잘 모르겠어요. 하지만 저는 무슨 일이 있어도, 그렇게 해야만 해요. 나오지라는 작은 희생자를 위해서 무슨 일이 있어도 그렇게 해야만 합니다.

불쾌하신가요. 불쾌해도, 참아 주세요. 이것이 버려지고, 잊혀
져 가는 여자의 유일하고 미약한 괴롭힘이라고 생각하시고,
부디 들어주시기를 부탁합니다.

M·C 마이 코미디언.

1947년 2월 7일.

〈끝〉

1945년 서른여섯 살이던 다자이는 생가 츠가루로 피신했다가 거기서 종전을 맞습니다. 연합국 총사령부의 농지 개혁이 발표되어, 대지주였던 츠가루의 집도 텅 비게 됩니다. 그 모습을 본 다자이는 "『벚꽃 동산』이다. 그야말로 『벚꽃 동산』이 아닌가"라고 거듭 말했다고 합니다. 체호프의 희곡 『벚꽃 동산』 속 '벚꽃 동산'에 자신의 생가를 빗댄 것입니다. 1946년 11월 도쿄로 돌아온 다자이는 신초샤 출판사 사람들과 가진 술자리에서 "『벚꽃 동산』의 일본판을 쓰고 싶다. 내 고향집과 집안을 모델로 몰락하는 구가舊家의 비극을 쓰고 싶다. 제목은 『사양斜陽』이다"라고 말하고, 본 작품의 〈신초〉 연재와 신초샤에서의 간행을 약속했다고 합니다.

그 약속대로 『사양』은 〈신초〉 1947년 7월호부터 10월호까지 4회에 걸쳐 연재되고 같은 해 12월 15일 신초샤에서 간행되었습니다. 초판 발행 부수는 1만 부, 2판 5천 부, 3판 5천 부, 4판 1만 부를 거듭하며 베스트셀러가 되었습니다. 다자이 오사무의 대표작이 된 이 작품은 몰락해 가는 상류계급 사람들을 가리키는 '사양족'이라는 신조어를 만들어 냈고, 국어사전에 '몰락'이라는 의미를 더할 정도로 영향력이 있었습니다. 다자이 오사무의 생가인 기념관은 이 소설의 제목을 따서 '사양관'이라고 붙여지기도 했습니다.

『사양』의 주인공 가즈코는 사실 모델이 있습니다. 바로 다자이의 팬이자 소설가 지망생인 오타 시즈코太田静子입니다. 두 사람은 1941년 작가와 팬으로 처음 만났는데 사이가 점점 깊어졌습니다. 1947년 1월에 시즈코는 다자이의 작업실까지 찾아옵니다. 다자이는 1939년 서른 살에 이시하라 미치코石原美知子와 결혼해 이미 처자식이 있는 상태였습니다. 시즈코는 자신의 일기를 다자이에게 보여 주었고, 다자이는 이 일기를 읽고 『사양』의 구조를 구체화합니다. 참고로 그녀의 일기는 『사양』이 간행된 다음 해인 1948년, 즉 다자이가 죽은 해 10월에 『사양일기』라는 제목으로 간행되었습니다.

전쟁 때부터 편지로 '당신의 아기를 낳고 싶다'고 말했던 시즈코는 1947년 11월 자신의 바람대로 여자아이를 낳습니다. 같은 해 6월 다자이의 본부인도 차녀를 낳았습니다. 다자이는 오타와의 사이에서 태어난 딸에게 자신의 본명인 츠시마 슈지

津島修治에서 한 글자를 취해 '하루코治子'라고 지어 줍니다. 이 여자아이는 커서 소설가 오타 하루코太田治子가 됩니다.

『사양』에는 몰락 귀족 가족 세 명과 일반인 한 명이 등장합니다. 이 네 사람이 전후를 살아가는 모습이 각각 그려져 있습니다. 시대가 바뀌었음에도 귀부인으로 살다가 죽어간 어머니. '인간은 사랑과 혁명을 위해 태어난 것'이라고 확신하며 새로운 삶을 모색하는 주인공 가즈코. 가즈코의 남동생 나오지는 민중이 되고 싶었으나 되지 못하고, 마약과 술에 절어 살다가 결국 자살합니다. 나오지가 따르는 소설가이자 가즈코의 '비밀'이 되는 우에하라는 전후 퇴폐적인 생활을 하며 하루하루 살고 있습니다.

가즈코는 이혼녀로, 한 번밖에 만난 적 없는 우에하라에게 연정을 느껴 두 번째 만난 날 관계를 맺고 임신을 합니다. 요즘 같은 시대에도 이혼녀나 미혼모 한 가지 타이틀만으로도 살아가기 힘겨운데, 약 70년 전, 이혼녀에 유부남의 아이를 임신한 미혼모인 가즈코의 삶은 쉽지 않았을 겁니다. 몰락 귀족이기는 하지만 고귀한 신분의 여성으로 사회적인 체면도 있었을 겁니다. 그럼에도 그녀는 미혼모로서 아이를 키우며 '낡은 도덕과 끝까지 싸우며 태양처럼 살아갈' 결심을 하지요. 『사양』은 제목과는 다르게 이렇게 희망적인 메시지를 전하며 끝을 맺습니다. 그런 의미에서 『사양』이라는 제목은 역설일지도 모르겠습니다. 물론 나오지는 세상에 적응하지 못해 자살로 생을 마치고, 우에하라는 퇴폐적인 생활로 몰락해 가는 모습을 보입니다. 그러나 저는 『사양』을, 절망적인 상황 속에서도 희망을 이야기하는 가즈코에 초점을 맞춰서 읽었습니다. 『사양』의 가즈코야말로 다자이의 여성관을 드러내주는 인물인 것 같습니다.

국내에 번역된 『사양』 중에서 저의 번역을 읽어 주신 모든 독자 여러분께 감사의 인사를 전합니다. 이 책을 통해 조금이라도 인간에 대한 이해가 깊어진다면 기쁠 것입니다. 『사양』은 일본의 전후라는 시대에 대한 배경지식이 있으면 더 재밌게 읽을 수 있는 소설입니다. 그러나 배경지식이 없어도 두 번, 세 번 거듭 읽을 때마다 다르게 다가오는 소설이기도 합니다. 저 역시 몇 번 읽을수록 모든 가치관이 흔들리는 시대에, 살기 위해 발버둥 치는 가즈코의 용기에 경의를 표하게 되었습니다. 네 명의 등장인물이 나오니, 한 사람 한 사람에게 감정을 이입해서 읽어도 재미있을 것입니다. 마지막으로 가즈코의 말을 전하고 싶습니다.

나는 확신하고 싶다. 인간은 사랑과 혁명을 위해 태어난 것이
라고.

이 책이 나오기까지 애써 주신 김화영 편집장님, 출판을 허
락해 주신 이대식 대표님께 감사의 인사를 전합니다.

2018년 8월

장현주

다자이 오사무(太宰治) 연보

1909년 6월 19일 아오모리(青森)현 기타츠가루(北津輕)군 가나기(金木)촌에
　　　　서 아버지 츠시마 겐에몬(津島 源右衛門), 어머니 타네의 6남으로 태어
　　　　났다. 11남매의 10번째. 본명은 츠시마 슈지(津島修治). 츠시마 집안은
　　　　현 내 굴지의 대지주, 부호.
1912년(3세) 아버지가 중의원 의원에 당선.
1916년(7세) 가나기 제일진죠 소학교에 입학. 성적은 우수했고 작문도 잘했다.
1922년(13세) 소학교 졸업. 학력 보충을 위해 메이지 고등소학교에 1년간 다님.
1923년(14세) 아버지가 52세의 나이로 병사. 현립(県立) 아오모리(青森)중학교
　　　　에 입학. 시내의 친척집에서 통학.
1927년(18세) 중학 4년을 마치고 관립 히로사키(弘前)고등학교에 입학. 친척
　　　　후지타 토요사부로(藤田豊三郎) 씨 집에서 하숙. 9월, 기생 오야마 하츠
　　　　요(小山初代)와 알게 됨.
1928년(19세) 5월 동인지 <세포문예> 창간. 생가 고발하는 내용의 소설을 씀.
1929년(20세) 1월에 동생 레지(礼治)가 급사. 공산주의의 영향을 받아, 자신의
　　　　출신 계급에 괴로워하며 12월 칼모틴 자살 미수.
1930년(21세) 4월, 도쿄제국대학 불문과에 입학. 공산당의 활동에 참가. 한편,
　　　　소설가 이부세 마스지(井伏鱒二)의 제자로 들어간다. 10월, 오야마 하
　　　　츠요가 다자이의 인도로 상경. 츠시마 집안에서는 기생과의 결혼을 강
　　　　하게 반대했으나, 다자이는 하츠요와 결혼하겠다고 강하게 주장. 큰형
　　　　분지(文治)가 분가 제적(分家除籍)을 조건으로 두 사람의 결혼을 인정
　　　　하여 하츠요를 고향으로 돌아오게 함. 11월, 카페 여급 다나베 시메코
　　　　(田部シメ子)와 시치리가하마(七里ケ浜)에서 칼모틴 자살을 꾀했으나,
　　　　시메코만 사망.

1931년(22세) 2월, 하츠요와 시나가와(品川)구 내에서 동거. 공산당 활동을 계속하며 대학에는 가지 않음.

1932년(23세) 공산당 활동으로 자주 이사함. 7월, 아오모리경찰서에 자수하고 활동을 그만둠.

1933년(24세) 2월, 처음으로 '다자이 오사무'라는 필명으로 「열차」를 발표. 대학을 유년하고 큰형에게 생활비를 부탁함. 「어복기」「추억」발표.

1934년(25세) 동인지에 「잎」「원면관사」를 발표. 미시마에 머물며 「로마네스크」를 집필함. 동인지 <푸른 꽃> 창간.

1935년(26세) 대학에 입학한 지 5년째, 졸업도 못하고 고향에서 보내 주는 생활비도 끊겨 미야코신문사의 입사 시험을 보았으나 실패. 가마쿠라에서 목매어 자살을 꾀하나 미수에 그침. 4월에 맹장염 수술을 받고, 진통제 파비날을 습관적으로 사용. <문예>에 발표한 「역행」이 제1회 아쿠타가와상 후보에 올랐으나 차석. 대학은 결국 제적 처분을 받음.

1936년(27세) 파비날 중독 치료를 위해 병원에 입원하나, 완치하지 못한 채 퇴원. 6월에 창작집 『만년』을 간행. 8월, 제3회 아쿠타가와상 낙선. 10월, 이부세 마스지의 권유로 무사시노병원에 입원. 그사이, 하츠요가 간통 사건을 일으킴.

1937년(28세) 3월, 하츠요와 미나카미(水上)온천에서 칼모틴 동반 자살을 꾀하지만 미수에 그침. 6월, 하츠요와 헤어짐. 도쿄 아마누마(天沼)로 혼자서 이사.

1938년(29세) 7월, 이부세로부터 혼담이 들어옴. 9월 야마나시(山梨)의 천하찻집에 가서 「불새」를 집필(미완). 이시하라 미치코(石原美知子)와 선을 보고, 11월에 약혼.

1939년(30세) 1월, 이부세의 자택에서 결혼식을 올림. 고후(甲府)시에 신혼살
림을 차림. 9월, 도쿄 미타카(三鷹)로 이사하여, 생을 마칠 때까지 이곳
에서 지냄.

1940년(31세) 여행, 회합, 강연을 위해 자주 외출. 5월「달려라 메로스」를 발표.
「여학생」으로 기타무라토코쿠(北村透谷)상 부상(副賞)을 수상.

1941년(32세) 6월, 장녀 소노코(園子) 탄생. 8월, 어머니를 문병하러 10년 만에
귀향. 9월, 소설가 지망생 오타 시즈코(太田靜子)가 친구들과 함께 다자
이 집을 방문.

1942년(33세) 검열이 엄격해져 집필에 고심함. 12월, 어머니 작고.

1943년(34세) 역사 자료를 사용한 작품이 많아짐. 3월「우대신 사네토모」발표.

1944년(35세) 취재를 위해 츠가루 지방을 여행하고『츠가루』를 집필. 8월에 장
남 마사키(正樹) 탄생.

1945년(36세) 공습으로 아내와 아이들을 처가 고후(甲府)에 피신시키나 7월에
처가가 불에 타 버림. 츠가루로 피신.

1946년(37세) 11월, 가족과 함께, 미타카로 돌아옴.

1947년(38세) 2월, 가나가와(神奈川) 현 시모소가(下蘇我)의 별장에서 혼자 살
고 있는 오타 시즈코를 방문. 이 무렵부터『사양』을 집필하기 시작. 3월
에 미타카역 앞 포장마차에서 야마자키 토미에(山崎富榮)를 알게 됨.
차녀 사토코(里子) 탄생. 6월,『사양』완성. 11월, 오타 시즈코와의 사이
에 하루코(治子) 탄생.

1948년(39세) 때때로 각혈. 3월부터 집필을 시작한『인간실격』을 5월에 완성함.
6월 13일 야마자키 토미에와 타마강 수원지에서 동반 자살. 19일 발견
되어, 미타카 젠린지(禪林寺)에 매장됨.